胭+砚
project

# 我爱问连岳

4

连岳 著

東方出版中心

## 再版序言

再版这套书，两个原因。

一是不停有读者询问。这对作者来说，当然受宠若惊，10多年前开始出的书，仍然有人想看，我有责任不让读者只能淘二手书，或者买那些来历可疑的版本。

二是《我爱问连岳》系列恢复新书出版，再版之前的旧书也有必要，整个体系才完整。

所以，有这套我重新编辑的《我爱问连岳》(1至5)。

想到自己无意当中开始记录这个时代的爱，还是挺开心的，它值得我继续。

祝你阅读开心。

连岳

# 目录


1 爱的轻逸使我像新人一样去认识新人

7 明珠自己会发光

13 9 问 9 答

20 人人一把碳原子，所以需要爱

27 冬天到了，找个人抱抱

32 将我们从恨的山寨监狱里释放

38 昂贵的爱情

44 有人诱惑我啦

49 我心中有种莫名的、十分强烈的幸福感

55 爱一个人，而不是爱全人类

62 恨是爱的重要内容

67 扔掉胆怯与土气的内衣

74 没有爱的疑问，你的爱就死了

80 你不决定爱，爱就不决定你

87 千年桑树每一叶的爱情

93 分手指南

100 号称无私，即为伪善

106 我只不过尤其爱你罢了

112 强者的爱禅修
119 爱情中的两个 S
125 谁也不要搞定谁，谁也无法搞定谁
131 如果爱成为商品，就在商言商
137 孩子必须在父母身边长大
144 为什么我的眼又红了
151 爱这一课，没上过就得补
158 婚姻中的信息战
165 挽留不了的，就不必挽留
171 痛苦和香槟都有泡沫
177 世上没有太聪明，只有不够聪明
184 作战时请勿赤膊上阵
190 我那吸引姑娘的神秘外衣
196 拿药给病人吃，而不是向病人拿药吃
203 有爱争夺
209 那些幸运的人，可能就是因为他们战胜了自己的不幸吧
215 我不承认瓷器会碎，可瓷器不管我

222 将武松与武大折中成西门庆的技术
228 没有一台回吐筹码的老虎机
235 爱的意志胜利
242 光阴的故事（四）
249 “也许”的智齿
255 小姐的爱情困局
261 搞不定父母的，幸福指数必然较低
268 爱情的进化
275 就算是缩头乌龟，也有伸出头的时刻
281 小人物的复兴
288 离婚是比结婚更值得恭喜的事情
295 爱自己的正面心理
303 光阴的故事（五）
309 缓慢惩罚的文明
315 光阴的故事（六）
322 婚姻无法强力维护
329 处女毒素

# 爱的轻逸使我像新人一样去认识新人

连岳：

你好，喜欢看你的专栏，客套话就不说了。最近有件事情非常困扰我，没有一个可以倾诉的人，希望你至少听听我的这件烦恼的事情。

话从何说起？大概，一个礼拜以前吧，我和自己的表弟发生了关系，我非常清楚，这是不被社会道德伦理接受的，可我又非常明白我们俩的关系一直都不只是姐弟。

我们都是各自家里唯一的孩子，其他的表兄弟姐妹跟我们差的岁数很大，所以从小我们俩的关系异常亲密。我们很小的时候，可能真的就是单纯的姐弟关系，可我生性内向懦弱，他比较开朗，所以很多时候是他照顾我，给我为人处世的意见，所以从小我对表弟的依赖心非常强。我不到十岁的时候，表弟跟我的姑姑一家移民了。虽然我们之间依然有联系，但毕竟身处不同的国家，所以那时候表弟一家的离开对我心理的打击非常大，每隔几年他们都会回中国，而每次他们回来就是我最高兴的事情。我从来没想过我对表弟的感情到底是怎么样的，只是他的每次离开我都是撕心裂肺地疼痛。

四年以前，我们一家也移民了。我感觉我又能生活在有表弟的世界里了。虽然我们长大了，但是每次我到他家睡，或者他来我家，我们还是睡一张床，聊天到天亮。我们之间也没发生过越轨的任何行为，我明白，我强烈的依赖心让我越来越离不开他，我也明白即使我们什么也没做，这种关系也有些不正常。可我不想改变。

他第一次亲我，是他18岁生日的时候，他说就当那是他的生日礼物了。我当时有点慌，因为不是一般的亲脸吻，但我没有拒绝。他是我除了父母之外最亲的人，他能做什么伤害我的事情呢？

我们曾经谈到会不会自杀的话题，我开玩笑说也许我会的，如果有一天这世界没什么牵挂，活着成负担了我就去死。他非常非常严肃地说如果我死了，他绝对不会自己一个人活着，所以如果我真有哪天动了自杀的念头，一定要先想清楚，因为我死就是我们俩一起死。

上个礼拜，我们过完生日几天以后，我们俩一起过暑假，一样是聊到很晚，在根本没有什么外界刺激的情况下（没喝酒，没用药，没看色情片），我们俩发生了关系。过程之中，他一直都在关注我的眼睛，看我哭没哭，还说如果我难受就把他推开。我并没有推开他。可那晚之后我有点逃避我们见面的机会，因为虽然我并不认为这有多肮脏，但是我知道这件事是不会被家里接受的，但是表弟好像当做什么都没发生，说话的语态也根本看不出他在回避或者忌讳什么，还是让我搬他家去过完暑假。跟我闹的时候，如果我下手打他重了，他总会说："难道你不爱我了？"

我不想，或者没勇气跟他讨论这件事情，我害怕如果讨论的结果不符合我们任何一个的意愿，我会失去我们这么亲密的关系，他真的是我的精神支柱，我们俩彼此都见证对方每一天的成长，生命中每一件小事。而且我真的不知道我们俩的关系到底是怎样的，我们是姐弟，但对彼此的感情又不单单是姐弟。我们各自曾经有过男女朋友，只是都没维持下去。可这算什么呢，他是跟我有这么近血缘关系的弟弟。就算我不感到怪异，如果真的结合了，所有人，尤其是家人会觉得我们俩都是怪胎。

我真的希望你能指点，随便说点什么都行，因为我没有办法把这件事跟任何人说，快疯了。

毛毛

毛毛：

首先明确一点，你们两个是不可能结合的，就算家人不觉得你们是怪胎，法律也不会承认这种婚姻关系。当然，如果你们不寻求法律的认可，这种关系除了让家人头痛以外，似乎也没有伤害其他什么人。但是这种姐弟之爱，它触犯的禁忌太大，因此付出的成本过大，也许一生都会不开心，那得权衡一下它是不是你人生中不可替代的必需品。

原来有不少爱情模式，也为伦理和法律所不容，身陷其中的人，爱与痛几乎成为一体。同性爱是最典型的例子，这几十年，伴随着人们对同性恋的科学认识，许多人开始同情、理解并尊重同志。在法律层面，同性恋在越来越多国家争取到从军权、收养权及婚姻权，这次美国大选，美国的同性恋团体也将他们的票投向了更尊重他们权利的民主党候选人奥巴马。同性恋在一些国家也许无法结婚，不过他们能享受婚姻的事实，已经不会受到他人过多的打扰。

同性恋成功的“出埃及记”并不意味着其他一些不容于伦理与法律的爱情模式最终也能浮出水面，比如恋童。一些天生萝莉控并没有爱成年人的意愿与热情，但人类文明越发达，他们越没有活动的空间，在古典小说时代，我们还可以看到“娈”字呢，在现代社会，级别和市长一样高，也打不了孩子的主意。

你们的姐弟恋也是如此，再等一百年也见不得光。好就好在毕竟你们没有伤害过别人，重新各自去找恋人，是最好的选择了。我不认为你除了这个弟弟就没人可爱了，有时候我们在错误的关系中越陷越深，往往是因为我们缺乏改变的勇气，受虐也会上瘾的。人的情绪有很强的自我修复能力，在精神与肉体承受痛苦的人，奇怪的是，他们开心的次数也不会少；这个好处是让人不容易彻底崩溃，坏处则是让我们无法割舍有害的生存方式。

别把这段姐弟爱看得太重要，甚至以后有些分手也不必视为不可承受，只要你愿意移动，在新环境里，总是会和新人见面的——人类的可恶是，每个人心里可能都有恶的种子；人类的可爱是，你在人群中不难发现值得相识的善良之人。别把这个弟弟看得太重的第二重意思是，现在及以后都别活在歉疚当中，有些人的人生两段论往往是这样的：年轻时犯“罪”，年老时悔“罪”，都活得不痛快不洒脱。年轻时难免犯“罪”，尤其是性，见识少，冲动快；但这个“罪”若没有重到不可继续前行，不妨把它放下。赎“罪”的方式很多：更会爱、更爱人、对年轻人更加宽容、不用人性之恶来否认世界有趋向美好的可能，这些都是赎“罪”的方法，某种程度上，也是年轻的冒失给自己带来的悟性。

你的秘密重到只能跟我说，但唯一的解决办法是你得享受人生的轻逸，放下，解脱，像新人一样去认识新人。

祝开心。

连岳

2008年12月2日

# 明珠自己会发光

连岳：

我的故事很简单，只有两段。

第一段：X先生——我的初恋，年龄长我12岁。十年前大学刚毕业，我和所有漂亮单纯的小女生一样，不谙事故，有着可爱的外表，光泽的肌肤，还在做梦的年纪遇到X先生。他当时已经离异，独自频繁往返于上海和我的家乡——一个中部大城市工作。我想，十年前和今天一样，成熟多金高大体贴，有良好家世背景的男人总是自以为是小女生的杀手，而X先生看中我的单纯善良、良好的家教、聪明懂事，当然还有年轻貌美。他宠爱我，同时开始不遗余力地“培养”我。在他的引导下，我迅速地成长，学会了和他一样的品位，一样的工作和生活习惯，一样的审美，甚至于接受了他的价值观。虽然我们聚少离多，但我们非常在乎对方的感受，在一起非常轻松愉快，几乎没有吵过架，这样的爱情，在我看来，仍然完美，而我也从一个小女生开始向熟女过渡。

为了能经常在一起，我很不容易地争取到上海分公司的职位。只是人生不如意十之八九，他却在我来上海后三个月，因生意上出现重大问题，离开了上海。X先生像空气一样，消失在我的生活中。这似乎只在小说里才有的事情，显然地发生在我身上。很难回首，当年我是如何独自面对一段近乎绝望的时间。直到数年后，遇到了Y先生。

Y先生似乎是X先生的克隆版，相近的年龄，一样的成熟，一样的品位，一样的体贴，以至于一见如故。同样的幸福再次降临，当我开始怀疑上天是否可能两次眷顾同一个人的时候，矛盾却开始出现。Y先生是标准的不婚族，他认为两个人在一起只是要快乐，婚姻代表的是承担责任和丧失自由，是快乐的终结。而我，需要的只是婚姻。我开始动摇，而我的犹豫让他非常地不耐，Y先生很快潇洒地离我而去。

这两段感情都曾让我在相当长一段时间里无法自拔，我开始怀疑自己是否还有可能的机会。在X先生刚离开的时候，我觉得自己应该有很多机会的。在我这个年龄，多年勤勉工作做到公司中层，有一份不菲的收入，有自己的房和车，有很好的人缘，我喜欢运动懂得养生，有高挑的身材，得体的妆扮，看起来比同龄人年轻许多。重要的是，我从来就不是一个强势女人。但是，连岳，并非我“拣尽寒枝不肯栖”，这一切都是拜X先生所赐，他教我安排好自己的一切，追求美丽和品位，得体地取悦周围的人。X先生的影响，仿佛是给我的一个魔法咒语，直到现在我都无法解除；与Y先生的相处，让我知道其实Y先生，尽管很像，但毕竟不是X先生——他不会与我长相厮守，而X先生，从开始就希望我永远和他在一起——我是他精心打造的，最适合他的女人。

连岳，我在这个时候，居然还是找不到自己的定位，我知道今生不可能会有两个X先生让我遇见，但是我应该怎么“降低要求”？我也有无数次相亲，但是，都无疾而终。连岳，我没做过“单身公害”，我只是想要和所有人一样，结婚生子；我想要给父母一个交待，不要他们担心我，而且我太想要一个小孩，我非常喜欢小孩子，在我这个年龄应该是当母亲的，可是我不知道，我会有一个什么样的将来。

明珠

明珠:

经济危机，听说公务员考试报名又创下纪录。我当过公务员，知道优秀人才若全集中在公务员系统，那对整个社会来说，是相当可惜的事情。在成熟政治体制里，高级政务官一般会从商界、学界空降，一般公务员只是负责事务性的工作，这在以后迟早会是常态。今天许多报考者若能直面危机，找到其他机会，也许能激发出自己更多创造力，五年后、十年后，在相对自由环境中的人，其境界与眼光，也许其他人就难以追上了。

不，我没有错把时事评论文章贴在这儿，这仍然是在谈感情，请接着读。

当然，竟然那么多人报考公务员，理由一定很充分。这个专栏在前几年曾经有则故事是一位姑娘抱怨公务员男友是如何居高临下，未来的婆婆自豪那高高的门槛。*

在不景气的冬天，这种优越感更容易强化。那么，这种优越是什么呢？以我原来当检察官的经验来看，普通工作人员，也就一点工资，可能比平均收入要高，而且旱涝保收，不太容易沦为上访人员，以至被送进精神病院。但是过上有大房有好车的日子，也有难度。这状态用关键词来说就是：有保障。

---

* 参见《我爱问连岳 1》《自以为是的白痴是不值得爱的》。

有保障，这就是我们人生的最高追求，几十年来都是如此，这个强大的人生定义，抹去了许多人潜在的可能性。其实真正的人生应该是在保障基础上的无限可能；而非让渡无限可能去换一点保障——按这标准，宠物拥有最幸福的人生。

举目四望，空气中弥漫着一个色色的词语：养成计划。

你的日子看起来比许多只求保障的人好多了，因为你有足够的保障。但共同点是，你是养成计划的产品，X先生永远的女人，虽然这个X现在也许不在人间了。人有大脑的好处是可以自由享有人类所有的精神财富，副产品是可能被不存在的人精神奴役。

客观来说，他的养成计划并不错，你凭借他教授的才能，也算混成功了。缺点是，你太忠于他的养成，以至于只按他的模子去找男人——这当然不可能成功，世界上没有两片完全相同的树叶，没有两个完全相同的男人。就算有，比如Y先生，可是你已经是另一女人了，手里抱着X先生的骨灰罐，在此基础上，关系不可能相同。

明珠都是自己会发光的，等着X先生的电筒照了才亮，那是碎玻璃。我们都不得不经历过某种养成，但是有人总会走出这种养成，正如有人觉得不合适会辞去公职，而你可能也要走出X先生的影子。

其实X先生最重要的一点养成，你一直没有学习到。当他为了自己，像空气一样从你旁边消失时，你难道没有意识到，这一课叫做“逃生术”吗？他绝情，但是告诉了你一点，人一定要呆在自己最合适的地方，哪怕当下很舒服，有个自己养成的女奴，也不是久留之地——从这点看，Y先生与X先生真是一样，说走就走。

找一个和X先生不同的人生个孩子吧，这就是你要做的。别呆在笼子里，多漂亮的笼子也是笼子。

祝开心。

连岳

2008年12月16日

# 9问9答

连岳：

你好。

1.我男朋友在我流产的时候打了我，虽然是我先动的手，虽然他当时就后悔道歉并让我打他，我也确实又回打了他，他没有还手。然后我骂了他一晚上，早晨我又动手的时候，他又踢了我。

2.他家是农村的，他都是在学校勤工俭学，不怎么问家里要钱的。因为做流产，他问别人借了一千多块钱，并且把他的生活费也花掉了。所以流产后，我总想着我花了他这么多钱接下来就由我来支付生活吧，他也确实没钱了。接下来的三个月都是我问家里要钱支付我们一切的生活费用，我没有说过半个字，即便在我流产后有了妇科病，需要输液，需要补养的时候也是我自己撑着。可是前些天我才知道他其实早已经问家里要了钱，他留着不让我知道，他的理由是：我太能乱花钱，不想被我几天都花完，想给我留着看病或是有大事的时候用。对于花钱比较大手大脚这点我承认，但我始终不能相信他，因为他在跟我解释的时候语词上有种种漏洞，为了隐瞒我表演得像个演员，解释得像个白痴。我认为他就是怕我花他的钱。虽然接下来，都是他付饭钱，给我看病，但他还是表露出嫌花钱的样子。

3. 闹分手的时候他会说极不负责的话，说我既然做爱就应该知道会怀孕，只能怪自己，不知道孩子是谁的，某些人累得不行，某些人非要要。这些话都他妈是事实，可我一想起来就是想抽他。曾经因为他说这样的话，我去买了刀、汽油，就是杀了他的意思。虽然最后还是和好，他说是气话之类的，当然，基本上我也不是示弱的类型，但我还是记性太好，他的这些话……感情，不能像水洗过一样啊。

4. 得病的时候是不能做爱的，可我有时忍不住，他也忍不住，完了他还怨我，我认为他没有责任感，想不到我在生病，我再怎么忍不住他也应该忍住，他都做了，完了还怨我，怨我什么呢。

5. 目前的问题是，他一直说要和我结婚，爸妈也勉强同意，但我却不能确定我爱他，而且他的条件不好，不知道以后怎么生活，毕竟生活是生活啊，生活是写实的啊。

6. 因为这些，我也打算和他分手，可是他现在对我比以前越来越好了，照他的话是以前没有交过女朋友不知道怎样对待女朋友。我们在一起没有任何感情基础，只是在一个有魔力的下午，适合做爱的时候做了爱，既然做了，所以就交往了。走了这么久，也不是容易过来的，流产、生病，没完没了地看病、输液。

7. 不分手吧，可是我心里一直打着鼓，咚咚咚的。我认为他没有责任感，做流产问路都是我在问，他不好意思；做流产的时候，哪要付费都是我在弄，我就快要进去手术了让他给我买个卫生巾还想我和他一起去，我就崩溃，他又不是未成年。做完流产，我想和他分手，他居然就真的没管我。有时闹分手，他不想着我生着病，也不问我不管我。

8. 当然，我也有不对的地方，我脾气不好，会用脏字骂他，并且打仗。我和他生气的时候我也不管他，他没钱吃饭我也不管（现在知道我不管也没关系的，他有钱的）。

9. 现在分手，我一方面没钱看病，不治疗的话会恶化，分手后他是真的不会管我的。不分手，结婚我又不确定，我觉得他不是值得信任的人，可是，他没有钱，花他十块钱等于花别人二十块钱，不只是钱的问题，钱里也含着他对我的感情，他把他辛苦挣的钱给我看病，我到时和他分了手……他该怎么想呢。

连岳，我该怎么办呢？我现在身体不好，精神简直要崩溃，我又不能和父母说，我该怎么办呢？

9问

9问：

1.打人不对，男人尤其不能动手，男人绝不打女人才是男子气概。但是话说回来，你先动手的，也有责任。其次，骂人一个晚上，确实挺让人抓狂的。看你的身手，以后打骂也是家常便饭，千万适可而止，挨打挨骂的人比较辛苦，要体谅。

2.这男友，大学就能自保，生存能力与竞争能力相当强，人人都得自立的，在大学毕业以后就会显现他过人一头之处，只要确定他不是抠门而是针对你的大手大脚适度增加财务安全，他肉痛的表情就当看不见吧，毕竟是没什么钱的孩子。男人善于理财，这点在婚后才觉得可爱——大声重申一下，小气不属于理财这个技术范畴。

3.得病的时候当然不宜做爱，小姑娘你忍不住指望他忍住，这就太像不谙世事的大学生了，太天真！太单纯！我从来没见过在性爱上忍功好过女人的男人。再说了，他累得不行，你也有办法非要不可，这“他妈的”事实证明了你只要忍不住，他就得服役，那他根本没有什么自由选择权嘛，不从的话可能又要挨一整晚的骂，早晨醒来还要被揍——你这样动气可能对病情更不好，还不如做个爱爱呢。

4.顺便提醒一下，尽量多用安全套，老是怀孕流产真的对身体不好。钱不要浪费在刀与汽油（你忍不住，他怎么敢不从呢）上面，最后又和好，用不上，挺浪费的——但愿你不是油价高的时候花的冤枉钱——先把安全套备好备足！看你们这样如狼似虎，这方面的花销不会少。

5. 是的，确定爱他再跟他结婚，这点不能有任何退让。不过，你们现在想结也还早。

6. 从一个有魔力的下午的做爱开始，这不能说“只是”了，这是一个美妙的开始，再加上他又对你“越来越好”，那就更不宜分手了。至少也要等病好了以后再分，他是病因之一，有责任把你照顾好的。

7. 他只是害羞吧。如果做完流产要挣扎着自己去买饭，那问题才大条。他的害羞及你的坚强，以后可以不停用来取笑他，这是有效的常规武器——男人一般会对初次的害羞抱愧终生。分手是恋人的终极威胁，说得太多反而苍白——对方知道你只是在表达情绪，可能就不当真了——以后少说，否则真要分手时，他还是不当真，那才急人。

8. 好一个奇女子！他真是个受气包呀。他耐饿，以后成家了伙食费开支可以少一点。

9. 把病治好是第一位的，如果你们的钱不够用了，就想办法从父母那里骗一点出来——没错，是骗！把流产告诉他们，他们多数是要气死的，没有骗过父母的孩子成熟不了，再说了，骗他们的钱治他们女儿的病，手段虽然卑鄙，目的却很高尚。两人不合适决定分手了，他有没有花钱，花了多少钱倒不在考虑范畴了，分手这么重大的决定，谈钱，多俗气。

实在撑不住，还是应该求助父母，先向比较宽容的那个人说。不过以我看来，你们就是一对打打闹闹的小情侣，其实还是挺开心的。

祝你们开心!

连岳

2008年12月23日

# 人人一把碟原子，所以需要爱

连岳：

你好。

这是封感谢信，你收到感谢的前提是你没有换email地址。我居住的城市是没有《上海壹周》的，而我看的却是你几年前的回信……

我不知道你是否能记得你回的每一封信，但我想这个可能性不是很大，也许你的脑容量大得惊人？我看我还是开门见山地告诉你我感谢的内容吧：你在2004年9月22日的一篇《最浪漫的是为你承受压力》*里，写到“最浪漫的事情，不是……（省略）而是咬牙挨岳父骂，脸上还要挂着皮厚的微笑”，你可能想不到，这句还真让我醍醐灌顶。

我没有岳父，不过有婆婆；我先生则有丈母娘，记得看报纸上提到过韩国夫妇的离婚原因有不少是因为岳母跟婆婆的干涉，不知道中国的情况如何，可惜没有人去做这方面的调查。

就我个人的感受来说，我不敢说我是我先生

* 参见《我爱问连岳 1》。

的最佳伴侣，不过我认为他是我能找到的最好的男人。

你曾在另一篇文里提过男人应该是张饭票，这似乎惹怒了不少人，我也想作番自力更生的表态，但事实却是三年前辞职到如今，我还真的就没有一个像样的工作。偶尔也玩票性地赚钱，对家用而言却是杯水车薪。我干的事，居然真就是看书、看电影、涂鸦……我先生从未催促过我去工作，他只是有时也会担心我窝在家里人际交往能力会逐步萎缩，而他的薪水也不会很高，不足以维持两个人的生活那样子。我个人并不认为这样的生活有什么不好，除了去会见旧日同学好友时她们一个个职业妇女的精明能干让我有点汗颜外，回到了家中我依然继续沉浸于自己的世界，我过得充实，不空虚，何必要去向别人证明什么？

去年七月我怀孕了，先生外派在上海，我则在广州，他只能一个月回来探亲一次。我从不觉苦，一个人安排作息，一个人上医院产检，去年过年一个人爬上伏下搞家里的卫生。这并不委屈，偏偏我全家，以及我朋友们都觉得这样的我太可怜了。

及至今年四月我生下孩子，婆婆跟岳母齐齐出现，火星撞地球，说是照顾月子，但那个月我难受得几乎以为自己患了产后抑郁症。两位长辈间的明争暗斗殃及我与先生，各自心疼自己的娘，最终爆发了恋爱六年结婚两年来的第三次大争吵。

再之后，她们走了，总算留下我跟我先生一起照顾婴儿。我必须承认我们夫妇俩都不是太过细心细致的人，对婴儿的照顾不会完美，但我想我们的婴儿（假设他有意识的话）大概也不喜欢看到他的父母成天愁眉苦脸忧心忡忡。

先生回上海工作以后，我们请了一位阿姨。如今阿姨要提前回家，先生怕我一个人忙不过来，请来婆婆帮忙。

但可能是那阵子的记忆太过倒霉，所以我对婆婆的到来心情复杂，有高兴也有担心，听先生提到，婆婆好像也很怕过来以后跟我处不来。所以这段时间，这事严重影响了我的情绪，我时常找借口把先生骂一顿，苛责他离家远，不能照顾我们母子，自然连自己都知道是无理取闹。

然后很凑巧在这晚看到你的那句话，突然明白了过来，唉，有什么呢，这就是属于我与我先生的压力嘛。生活中总是有种种不完美的事情，就好比我有个不知道如何相处的婆婆，以及他有个泼辣倔强的丈母娘一样。我不可能奢望先生去帮我承担压力，事实上他已经承担了家庭经济支柱这样的压力，我怎么还能够把我这不值一提的压力再往他身上甩呢？还是要努力自己扛吧，虽然我自小就不善言辞，也不懂怎么讨人欢喜……最浪漫的事情，是硬着头皮跟婆婆相处，并且感激她来帮忙带孙子。

非常谢谢你连岳，若不是你这样点醒，也许我还会作茧自缚，在自己的困扰中挣扎矛盾，却一步也踏不出去。

悟

悟：

我的文章里，好像批评父母辈的文字不少。这些话当然不太可能是写给长辈们的，他们看了，很生气，一时候难以接受也在情理之中。这些话其实是写给我们自己看的，我们迟早会成父母——至少会成为父母辈分的人——这也是多数爱情的必经途径，我们怎么对待孩子及晚辈，是我们年轻时爱情的结果，如果我们不犯我们父母所犯的错误，下一代就幸福一点，世界就美好一些。

真是的，一不小心，就发现爱是这么重要的事情，竟然能改变世界。

最近有个上海父亲在我的BLOG上留了这么一段话：

> 父亲一代，还有更老的一代也会慢慢改变。我们的耐心会有用。
>
> 我是父亲一代，尽管自认为懂得民主自由，但我那无形的期待也曾给儿子造成压力。
>
> 当儿子毕业后勇敢地做出自己的选择时（不考研，不出国，找自己爱的工作），儿子的运气并不好，经历了两年的不如意。这期间，儿子背后来自家族的压力比正面还大。
>
> 好，这期间我已能做到无保留地支持儿子走自己的

路，于是，发生了那次我和他奶奶间最激烈的摩擦事件：我含泪哭求亲友不要再拼命进行考研动员，并对他奶奶承认我不称职地支持了儿子不考研的“没出息”决定。儿子于是N年“无颜”探望奶奶。

运气终于来临，儿子经过辗转，已经找到喜爱的工作，自己的能力发挥得很好，有“体面”的待遇。奶奶的心情今年好极了，最近曾道出心声：我老了，狗屁不懂哇！年轻人还是主要自己做决定！

你的故事及这位父亲的坚持，应该就是现实中的浪漫吧。

无论是夫妻之爱还是父子之爱，它必然是为了让我们所爱的人更幸福，但在实际中，这个活在我们身边的人，却会承受我们最多的负面情绪，看起来似乎我们爱一个人就是为了让他成为自己的出气包。现实无法改变，可能再称职的受气包也有发火的时候，而自己无论多少次自省，在心中发誓要克制，脸还是忍不住会臭。

对爱的怀疑往往来自这里，难道我们的爱就要这样沦为鸡毛蒜皮？不能文艺一点？飘逸一点？这时候人的智商就起作用了，爱的哲学也起作用了。生活一直会是生活，鸡毛蒜皮可能就是主流，在这繁琐细微中承担责任，鸡毛蒜皮就有了飘逸的气质，也有值得文艺一把的主题。

你在来信中提到我曾说“男人应该是张饭票”，单挑出来说，可能是个误读——不过，不妨以此为例来说明爱如何改变我们的生活。一个男人挣钱养家（即饭票），当这个男人觉得“这是我应该做的”，而那个他爱的女人觉得“他做了比本分的更多”，此时这是一对爱侣，他们之间有爱、有责任、有承担、有体谅、有感恩。反之，若是男人觉得“我做了比本分更多”，而女人觉得“那是他应该做的”，此时这是一对怨偶，他们之间有恨、有计较、有压迫、没有温度也没有爱意。

真是的，一不小心，又说出了爱等于修行。都是相似的生活，人人一把碳原子，有爱的人，就变成了钻石；没爱的人，就是卖炭翁，炭贱天寒，慢慢冻僵在现实当中。

祝开心。

连岳

2009年1月6日

# 冬天到了，找个人抱抱

连岳老师：

你好！

我从去年开始关注你的博客，后来分别看完了《我爱问连岳》的I和II。之所以给你写信，就是想告诉你，你的话语让我开心，让我有信心，让我想去爱。

我今年大学毕业以后从四川来到北京。但我没想要干一番事业之后衣锦还乡，向一切人炫耀。因为我知道我自己的水平。

我，相貌平平，天资一般，家境贫寒，最恶劣的是我还有点懒。促使我到北京的原因是，我觉得既然在一个无趣的城镇里面做社会的最底层，还不如到大一点的城市做社会的最底层，至少让我无趣的人生可以多看到一些有趣的事，让人生有点意义。但让我苦恼的是我最亲爱的母亲以及别的亲朋好友，他们对我抱着极大的期望。我只能装作我很有干劲，要努力地赚钱。但我觉得我好像天生就是穷人，所有的算命先生也都这样说。

到北京以前，我成绩不好，一直靠关系从幼儿园上到大学毕业。生活单调乏味，不像有钱人的孩子至少还可以堕落得精彩。我的堕落都显得那么乏味，只到大学快毕业了才一前一后遇到两个男的。我现在很确信的是，那两个我都不爱，但我却一前一后地跟两个发生了关系，真可惜了我的第一次和第二次。现在想起那事都觉得恶心。当时就是愚蠢地觉得别人都谈我也谈，别人都睡我也睡。免得被人嘲笑说这么大了还是处女没人要。其实我本来是一个容易开心的孩子，但慢慢地就不那么开心了。

所以我想换个地方重新做自己。觉得北京最好了所以就来这儿了。我也成北漂了，面对很多很多的问题成为我生活的主要部分。对未来我没有具体细致和宏伟的规划，我的想法和所有的平凡人一样，赚钱让自己过得舒适点，我还想谈一场真正的恋爱，因为我觉得我没有谈过恋爱，我的初恋依然存在！我想找一个好男孩，就是每个人在世界上只有那一个对的人，然后跟他结婚，牵手到老。以前很想要有自己的孩子，但现在也觉得等我能负责任的时候再考虑这个事情吧，因为人不能被别人当作宠物或仆人对吧，呵呵！

本来我也不怎么快乐的，而且也挺孤独的，因为我这样的人也不那么容易找到合适的男朋友了。但你的文字又让我开心起来了。所以我常常想对你说的就是谢谢你。但是，我还是希望你如果看到我的信之后能够回给我一点你的话语，我现在还是很彷徨，希望你能告诉我，我应该抱着什么样的思想和态度来继续走下去。因为我觉得我这样没什么作为的人好像不适合呆在北京，但是我也不愿意再回去，不想回到过去的生活。我很困惑。

说到头，还是希望你能回复我，让我一饱眼福，再心服口服。嘻嘻。

好了，祝开心，祝健康！

Wendy

Wendy:

如果只是为了衣锦还乡，那么在北京随便混混就行了，春节也快到了，回家吹吹就行了——大家春节不都这么过的吗？姑妄言之，姑妄听之，在酒精与喜庆掩饰之下，嘴巴和耳朵都不会当真。只要我们还乡，一定衣锦。别人挺好骗的，只要不伤及他的利益，习惯在心里发笑的狡猾的中国人，都不会戳穿骗局的，一般来说，他会吹个更大的牛盖过你。

衣锦还乡像是我们的命运——其实是假装衣锦还乡——展开来说，就是我们这样的小人物在特定的时候，得装出一副大人物的样子。北漂的人，也许更能体验这种命运吧。

这个世界上，我们唯一骗不了的，就是自己。早晨醒来，想到昨夜自己在酒桌上的大话；或者深夜难眠，在这十多亿人的国度，竟然没有一个人可以倾泻情绪垃圾（只好给连岳发封邮件了……），我们才深切地知道，自己其实只是一个小人物，消失了没人知道，出现了也无人惊艳，仿佛冬天偏僻巷落的路灯，亮了一整夜，也没照见一个夜归的人；天亮了寂寞地熄灭之时，那些匆忙的过客，更是毫无觉察。

小人物的命运，多半是难以改变了，这点不需要算命先生说，我们自己也明白。都市的魅力之一就是许多人可以在其中变成大人物，当然不必把这点可能太当回事。问题于是回到硬核部分，既然我们百分之九十九都只能以小人物的身份终老一生，我们应该如何去爱呢？是不是像你感叹的那样，连堕落都精彩不了呢？

这时候，爱情就出来救我们了。大人物与小人物少有的共同点之一就是大家都有爱情，可能大人物有狗仔偷拍，我们没有而已。所以若说到堕落，还是小人物方便一些，也容易精彩。

人的快乐，都是由小事情累积的，比如抓不到痒，就会抓狂，觉得痛苦。你第一次与第二次的性关系，都让你觉得恶心，那么，第三次性关系不恶心（这不难做到），就提升了自己的快乐值，随着对性与异性、自己的身体及他的身体了解慢慢增多，也许舒服的性关系、享受的性关系也就出现了——当然这种自在的状态，得益于大城市人海的掩护，这才是北京的好处；能不能学会吹牛，倒在其次了。

正像小人物不会突然变成大人物，你得花时间，我们爱情的大时刻也不会贸然出现，它一定是蓄谋已久。呆在这个城市，重新变成一个容易开心的人，找个男孩，谈一次恋爱，不行就分手，记住和他在一起的快乐时光，然后再去找一个男孩，再谈一次恋爱。一个人无牵无挂，才不必考虑太多，换句话说，这就是恋爱的好时光。加油，冬天了，找个人抱抱。

祝开心。

连岳

# 将我们从恨的山寨监狱里释放

连岳：

看了你1月5号的《未来的仆人》，很有感触。你说："制造一个生命的首要信条是让他享受更多生命的乐趣与可能，给他最多的自由、最少的羁绊。"我相当认同，而且我觉得，如果你是个无趣的人，最好别生孩子，否则不仅是折磨孩子，而且是两代之间的相互折磨。

为什么我要这么说呢，因为元旦时候我家发生了这样一件事。我的姥爷，今年77岁了，得了肾癌，医生预计寿命半年左右。当他得知自己的病情后，决定要找一个老伴儿。于是乎他天天走亲串友，见到寡妇老太太就问人家有没有再婚的想法。其间曾被许多老太太骂过"不要脸"。最后家人给他找了一个老保姆，两个月后，他宣布要和保姆结婚，要把遗产给保姆一份，并且他俩要在外面租房子住。

这时候，我舅舅们，我妈，我姨都炸开了锅，他们极力地反对。言语上和行动上都做出过激的行为，比如把那个保姆赶走，恐吓她不要再来找我姥爷，然后我舅舅还把姥爷的存折拿走藏起来（怕他给保姆取钱花）。再然后就鼓动三亲四戚轮番去做他的思想工作。我姥爷一度情绪失控，对着一群围着他的亲人们喊道：你们毁了我的幸福……

想当年我姨年轻时找了一个对象，全家人认为那个男人没有前途，硬是把他们拆散了，我姥爷曾是反对者当中的一分子。现如今他老了要再婚，我姨又成为反对他再婚的一分子。呵呵，真是世事无常风水轮流转啊。

我姥爷年轻的时候被包办婚姻，娶了他不喜欢的女人(我姥姥)；中年的时候干涉子女的婚姻；到了晚年再回过头来被子女干涉。看着他们相互折磨，我就明白了为什么那么多人选择做丁克，尤其是在中国。

我挺同情我姥爷的，我说我妈我舅我姨他们的做法侵犯了人权而且违法。我妈就说：我们都是为了他好，他病成那样儿，还要结婚（言外之意是做爱）不是找着早点儿死吗?

还是我爸说得实在:“你们才不是为了他好，你们其实希望他早点儿死了就没事儿了，你们就怕钱落到外人手里。”所以，我真觉得所谓的亲情有时很虚伪，什么养儿防老，多子多福之类的都是屁话。

以前觉得我姥爷就是个在床上躺着的病怏怏的老头儿，没想到他临死前还能这么坚持要结婚（做爱），做自己喜欢的事情，心里对他还有点儿敬佩。不过他还是输给恶俗的现实了，谁让他年轻的时候也是世俗力量的一分子呢？

看，我们曾经坚持的傻逼思想和做法有一天也许会折磨到自己头上！

亚当的诱惑

亚当的诱惑：

得先交代一下来龙去脉，因有所触动，1月5日我在BLOG上贴了2003年在《南方周末》专栏上的一篇文章，讲的是两代关系，这封邮件由此而来。

这邮件的结论让人挺伤感的，“看，我们曾坚持的傻逼思想和做法有一天也许会折磨到自己头上”。长辈、晚辈、兄弟姐妹，这些人因血缘而联系在一起，时不时得打个电话，吃顿饭，春节期间还得彼此问好，恭喜发财。其中一些人（愤世嫉俗的人会说“一些就是全部”），你无论多么讨厌，也得见面，直到他的葬礼。这就是甜蜜的亲情。

而在家庭内部，冲突的主题往往与“爱情有关”，强者与弱者的爱情观不同时，强者并不尊重弱者的异见，由此引发的爱的战争，不得不以恨收尾。亲人之间的恨，代代延续，历史比以巴冲突悠久多了，这不能不说是我们深沉的悲痛，是我们不会爱、不能爱的源头。

我们一般不干涉陌生人的爱情，一是与己无关，精力又有限；二是关心了——比如在网上诅咒章子怡与她的外国男友——你也不过算个多管闲事的屁，甚至屁都不是，屁还能臭人一下，是吧？所以陌生人并不在乎我们的爱情观，他可以按照他的方式生存——该死的是，往往也能找到自己的乐趣。

但亲人我们熟知，那一展身手的机会就来了。是不是为了他的幸福呢？诚实一点说，这是为了让别人服从自己，以满足自己的权力欲（有些可怜的家伙这种欲望更强烈）；更明显的证据是，真的有智慧，你就不会认为自己享有特权强迫别人接受自己的观点——哪怕这些人是自己的孩子。这种思想强迫，有了爱的名义，施暴得特别彻底，由于总会遭遇弱者的反弹，所以战斗的双方都不会觉得愉快，家于是变成了山寨监狱，自我囚禁。

是不是只有解散家庭一条路？不要生孩子，或者孩子大了就与父母隔绝？这只是极少数人的策略，大多数并不会采取，多数人如果都这么做，那么社会也会发生剧烈的变革，可能后果并不好玩。家庭是社会的基本单元，真正的爱情也必须养足力量在家庭里生存，一味靠逃，家庭永远呈现为爱的对立面，那么，这对整体的爱来说，也是场灾难。掐掉一朵花固然掐不掉春天，可是掐掉所有的花，春天也就不存在了。

你的邮件好像看起来挺悲观的，现世报一样互相折磨，大家没有新的方法论；其实在我看来还是挺乐观的，里面的新意思看来给了爱情更大的活动空间，看，你这个新人已经看出这种恨的轮回必须打破，既然傻逼思想和做法有一天总会回来咬我们的脚后跟，那么最明智的做法就是我们自己现在放弃傻逼思想和做法——不是只对强者放弃，而是也不用来对付弱者——把它们从我们的工具箱里找出扔了。

更重要的是，你的姥爷这半年时光多酷呀，“天天走亲串友，见到寡妇老太太就问人家有没有再婚的想法”，最终竟然还找到了老太太愿意和他结婚。一个终生活在恶俗里的人，死前也想尝尝爱情的滋味——这正说明爱情不可战胜，没有它死不瞑目。

祝开心。

连岳

2009年1月20日

# 昂贵的爱情

连岳：

我是一名从事乐器表演这个行当的人，两个多月前认识了一位我们这个领域的所谓“名人”，我的初衷非常简单，就是要去看一场他的演出，觉得方便去他住的宾馆找他，带了一些鲜花和水果，这些都是出于礼貌的需要，他估计把我也就当成一个忠实的“粉丝”吧，就带着我去参加他的排练、走台等，当然我也能帮上一些忙，演出完毕以后，有领导的宴请，他也一定带上我（是他非常诚恳地要带上我），我当时的理解是：让别人看到他带一个助理，应该是很有面子的一件事情。何况，我应该也算得上美女助理吧（自夸一下，为下文作铺垫）。于是，这么一来二往，中间的关系就近了很多。

一个月以后，同样的演出，这次我是稍有目的地给他打电话，然后又是和一些所谓重要的人士一起吃饭，这次我的身份是他的学生，他也许觉得我多认识一些领导对我是有好处的，我也是这么认为的，所以才联系他。而且，我真是觉得想跟他学习一些东西，并且觉得这个人是很江湖的，以后多少会有些事情需要找他。吃完饭以后，他说，你跟我走吧，于是我们被送到宾馆，一些寒暄之后，他就突然抱住我了，我有些诧异，但是又觉得事情顺理成章，因为我一向不把人往“坏”的方面去想，有时候，这种事情在我的心理底线里应该算作自然，于是我安然接受这次艳遇，虽然事后想想还是太随便了一些，但是有时候我会被成熟男人的气质吸引，有时候火候到了那个份上，我就不忍心将它熄灭了……

事后，我们还是同样地对话，同样的关系的松紧度，还是会讨论音乐的问题，并且是饶有兴趣地在讨论，讨论专业的东西，好像我们并没有因为这个关系更进了一步，我仍然用“您”这个敬词，他也仍然用长者的身份来跟我谈话，于是，第二天我们分别，开始各自的生活。偶尔会电话联系，但仍然只谈正事。对于这样的事情，这样的人我还是第一次碰到，但是我不想去深究这些事，我觉得“艳遇”之后两个结果是我不愿意接受的：1.从此沉寂，一方拼命纠缠，一方拼命在躲；2.转化为生活（这样艳遇就没什么值得期待的了）。

我决定以这种方式相安无事地生活下去的时候，突然发现自己怀孕了。因为我也有男友，最多就是结婚也没什么，但是这样思考完的结果，是不可能的，因为孩子，我想是他的，确切地说肯定是他的，我跟他说了他的态度也还是一如既往地理智，有条不紊。他先是让我在家做人流，我说这样会被家里人发现，然后他让我来京，并且说明马上为我订机票，并让我告诉他银行卡号，虽然我没有马上接受，但是心里应该是有些欣慰。他送了我一把很名贵的琴，并且很仔细调整好了最佳效果，后来我发现这把琴里面还印有他的名字，应该也是一些名琴师傅所赠，他在很多把里挑选出来的。

但是这些事情之后，他就一直在忙，我就自己解决了很多问题，自己做手术，自己去办理繁琐的事情，人流做完了，我给他电话，他先陪我聊了一会，然后有事，后来又电话我，安慰了一下，之后就没有电话联系过了。

但处理此事，我好像没有别的办法，因为他是个名人，我不是随便什么时候都能够得到机会去无理取闹的，而且，他在此事的处理上，我也说不出来任何胡闹的理由。但是我现在的心情是，我很依恋他，不是喜欢，是依恋，不知道别的女人怀了一个男人的孩子后，心情会不会起变化，但是我会，我不希望他不管我，我也不觉得自己做一个独立的女人有什么好处了，我希望他会照顾我会关照一下我，而不是说孩子没了，我们什么都没有了，我们是不是还是像陌路人一样……

多多

多多：

不得不想到那句话：爱情与性当然不同，爱情昂贵得多。

作为现代社会的一个重要组成部分，尤其是大城市，你可以花钱买到任何东西，除了爱。买到的东西，容我小声说一下……包括性——虽然很多人非常不愿意接受这点，但我要像个油滑的外交官一样耸耸肩告诉你：不幸的是，它就这么发生了。

知道这点有什么好处？它甚至败坏了我们的纯洁的假想图。对任何你情我愿的事，说实话，我都不觉得它会打击我的心灵，只有觉得别人的不同冒犯了自己时，那才应该惊醒，自己的心灵可能变得乏味且粗暴了。

好，话挑白了说吧。一个男人，一个女人，可能不以性为职业，不过，买卖关系已经多少侵入他们的行为模式之中了。为了避免别人说我说话夸张，让我引一下哲学家马克思更加劲爆的语言：婚姻是变相的卖淫。

他当然不像如今在网上发帖子，当个标题党骗点击率。我也不是。我的意思是说，人与人之间的性关系，有时候与爱无关，只剩下性了，这种性，身体吸引的因素外，更多的是与利益有关，像你的故事展示的一样，你可以接触名人，认识领导，得到学习机会，建立将来用得上的人际关系；他可以得到一个美女助理和她的性。大家心照不宣，既随便，又顺理成章，属于理性艳遇——在理性方面，你们两个智力很般配，这段艳遇本来可以成为教科书。

善于计算的人也许读到这里会大声打断我：连岳，你错了，你说性不贵，粗粗一算，这位音乐名人，买机票，问卡号，送名琴，而且将来女主角有难处，出手也不会吝啬，这比许多人的爱更贵。

当然读到这里，可能你更急了，似乎我把你和音乐名人的关系定义为性买卖（或变相的性买卖——我可不想用那么马克思的话语，变相卖淫）。真是如此，也没什么可急的，你如何行使性权利，完全是自己的私领域主权。我想，你作为一个理性艳遇者，可能也不在乎别人的误解、嘲弄，甚至是辱骂，因为这全是自身理性得以存在和加强的必要对立面。你是察觉这段原本应该宛如会计报表一般条理清楚的关系，忽然出现了模糊的身影："我不希望他不管我，我也不觉得自己做一个独立的女人有什么好处了，我希望他会照顾我会关照一下我，而不是说孩子没了，我们什么都没有了，我们是不是还是像陌路人一样……"

这身影就是爱情的。当你害怕与另一个人形同陌路时，爱情已在柔软你的内心，并慢慢生长。这就是爱情的昂贵所在，能标价钱的，都不能算贵，爱情可怕的是，你抵押全副身心后，它可能才给你一个想愿。

所以，恭喜你，你可能爱上他了。

祝开心。

连岳

# 有人诱惑我啦

连岳：

我：2009年刚好30岁，有着一份还算不错的收入和工作，标准好男人，不抽烟、不喝酒、从来不去娱乐场所，不好色（似乎很虚伪，但100%真实，不用怀疑）。

老婆大人：高中同学，和我同年，是我目前认识的女人当中最聪明的，就是有点悲观主义，其他都完美。年纪越来越大，人却越来越漂亮了，哈。

H：2008年3月进公司的85后MM，开着豪华轿车上班，赚每个月不到2000元的工资。

1998年的夏天，高中毕业那年，我和老婆好了，8年后结婚了，“王子和公主过着幸福的生活”。

我的生活圈子挺小的。在我和老婆好了之后的很长一段时间里，我一直认为我这辈子应该很难看上其他女人了，一方面是我本来就懒，也挺清高，没有主动去认识其他女人的兴趣；另一方面，我也认为她几乎就是为我“量身定制”的，完美。

2008年的夏天，H进公司后3个月，我成为了她的直接上级。

H是天生多事、高调的女孩子，再加上美女本来就是非多，是个很让我这个上级头疼的角色。公司规定女生不能穿太短的裤子/裙子，不能穿吊带，她就偏要穿超短热裤，还严肃认真地问我："经理，女孩子夏天不能穿吊带，还能穿什么？我柜子里夏天的衣服只有吊带。"我狂汗。

再后来，故事俗套地发生了，我们居然互相心动了。几乎同时，老婆大人就察觉到了（我现在确信，有老婆的男人就没有秘密，有秘密的男人肯定没有老婆，哈）。

作为一个自认负责任的男人，我没有对任何一方隐瞒任何事实，坦诚地面对着两个女人。我很傻很天真很贪心地期望着，我可以让两个女人都因为我而开心、快乐。

事实当然不会因为我的期望而改变，老婆一天比一天伤心绝望，H深知应该"远离30岁男人"却又不能放下，我当然也为她们的情绪所左右，难过、心痛。

2008年年底，H离开了公司（不是因为我和我们的事），我想以后也不会常联系了，事情应该告一段落了。现在的内心很平静，没有贪心，没有挣扎，很好。

老婆，因为H，我感觉我们似乎又重新恋爱了一回，我们的感情更稳固了。钢很硬，但是很脆，钢筋混凝土才是最坚固的。你还是对我不放心，说我还处于蠢蠢欲动的状态，我想说，真的没有，我现在很淡定。

H，你现在应该已经有了一心一意让你幸福的男人，由衷地祝福你，慢慢长大，慢慢成熟，慢慢懂事吧；如果有必要，随时听你倾诉，给你帮助。

我，你很幸福，老婆全心全意地爱着你，H的心里也会永远留着一小块地方给你吧。1998年的夏天，2008年的夏天，都将会永远留在记忆中，正好十年，完美。

杨梅

杨梅:

这个世界有些地方仍然是一夫多妻，其中一些国家，还是人口黑市里女性的主要买家——女性买去做什么，不说想必你也知道，肯定不是用于维护女权；与此相对的，女性却没有一妻多夫的相应权利，女性绝少背叛丈夫的可能，而男人却有多种途径满足欲望。按理说，这样的社会应该是男人的天堂吧？遗憾的，却不是，这样的地方也在进行改革，男女平权运动也有声音。其实我们这个国家，多年以前也是这样的——我认为许多中国男人心中的二奶梦就颇有复古之风——现在不了，因为我们知道那是最不人道的婚姻方式，最主要的是，女人们不愿意了。

于是一夫一妻制成为绝对的主流。男人只能心里暗暗怀恨，嘴上无不欢喜赞叹爱情的文明。爱情的文明奇怪的是，往往会显示为“女性的堕落”，婚姻对她们来说，不再是真实的藩篱，她们经济独立，打扮得漂漂亮亮，有条件的人还露点乳沟——没条件的就挤一点——她们可以接触到许多自己喜欢的男人，可以诱惑别人，或者等别人来诱惑。其实，这只是女性分享了男性原来独享的“堕落权”——忍不住离题学问一下，权利往往体现在可以败德。

我们知道，无论有多少怀疑，婚姻契约里的第一条，许多人都会写上“忠诚”两个字，自愿将这一元素从婚姻中剔除的，毕竟没多少人。而这忠诚，是在几乎没有强力监督的情形下完成的，面对美女的诱惑，男人会发现“忠诚”两字是女人刺在自己背上的（即“岳母刺字”），怎么看得到？

当然，许多男人忠诚是因为确实没有女人诱惑他们（反之亦然），诱惑指数是男人是否成功的重要标志，所以受到诱惑的男人，或者成功地情挑美人的男人，自得是难免的，就像你一样，当然，你可能有点过high了。不过也可理解，第一次嘛。

若无背叛的可能，忠诚的概念就不成立，我们也就不知道自己的婚姻是否真的具有价值，这是文明的婚姻将男女两人视为自由人的深意所在吧？所以你经过此事后对婚姻的重新判断远比之前的真实，即使矫情，似乎也更贴近地面了。让我感到淡淡不安的是，你也许过于享受这次安全的诱惑——总的来说，发乎情，止于礼——这就像我们大多数犯的错误一样，因为婚姻的存在，背叛反而更有乐趣了。如果你想通了选择这种行为方式，那也没什么好怪的，只不过，看你对老婆通篇的奉承，与认知明显不符。

你高估自己了。回归正确的自我判断吧：你是一个喜欢诱惑的男人。这不丢脸，这是真实的人性，在其中活下去的婚姻才是真实的婚姻。

我的结论很简单：不要对人性寄予过高期望，不要低估婚姻的风险，面对诱惑时，有点恐惧，别说这样的蠢话：“我可以让两个女人都因为我而开心。”

祝开心。

连岳

# 我心中有种莫名的、十分强烈的幸福感

连岳：

你好。其实我并不想从你这得到什么答案，我甚至不清楚问题是什么。下面是我在腊月二十九晚上写的一封所谓的“无法寄出的情书”，总觉得应该把它发出去，不然心里就会一直很别扭。但是又不能发给她，所以就发给你吧。

Simple&Single简单身

我很清楚自己是个极容易想入非非的人，同时也是个永远猜不透别人想法的人，但我还是禁不住幻想和你的种种可能与不可能。

一个月内我们已经有过三次两小时以上的交谈，一次是面对面，一次是敲键盘，一次是肩并肩。

2008年的最后一个星期天，我以信用卡有优惠观影活动为理由约你去看了冯老师的贺岁片。电影结束后我很庆幸不用编一个弱智的理由就和你一起吃了晚饭。饭后两小时的交谈让我知道了他：他不是男朋友；他犹犹豫豫，说不能给你任何承诺；他现在在国外，要一年后才能决定会不会回国；你始终忘不了他……我表现得很镇定，甚至是很得体，就像一个极好的聆听者一样。

你一定不知道，这是我第一次单独和女孩看电影（很逊？也许吧）。你一定不知道，当时的我是多么兴奋、多么不知所措。

2009年第一个法定假期的最后一天，我焖上了米饭、切好了肉、洗好了菜，准备给自己做一顿丰盛的晚餐。这时你打来电话，问我一个电影字幕的问题，于是我用QQ给你传了一个KMPlayer播放器。然后我们开始聊天，结果我们出乎意料地聊了四个小时，结果我把肉和菜放回了冰箱里。我们聊了字幕，聊了电脑，聊了手机，聊了人生，最后聊了你和他。我真应该找个借口结束这个对话，但是我做不到。我真应该说些损人利己的话，但是我做不到。我表现得很镇定，甚至是很得体，就像一个极好的咨询师一样。

我准备买回家的火车票时，春运已经进入了高峰。你告诉我，你回家的机票已经买不到了，我提出给你买一张卧铺，我们一起回家，你同意了。

费尽周折，我终于以两倍于原价的钱买到了两张到H市的卧铺车票。

那晚首都的北风格外猛烈。在车站附近的正一味吃过晚饭后，我背着我的包、拖着你的包，和你朝南走。风推着我们快速前进，我们索性一溜小跑，风中飘荡着我们略带兴奋的笑声。不知为什么，我心中有种莫名的、十分强烈的幸福感。

上了火车，我们坐在下铺聊天。没多久就熄灯了，我们肩膀轻轻地靠在一起，继续聊着天。你一定不知道，我多么希望时间就在这一刻停住，永远停住。

下了火车，我们去坐到H县的客车。车票我已经订好了。但是就在你去洗手间的时候，那个给我订票的人打电话催我马上去拿票。我一边祈祷着你会在原处等我，一边背着登山包，提着你的大包和手提包去候车大厅的另一端拿票。付完了钱，拿到了票，我像疯了一样，穿过密不透风的人群，撞到了无数个肩膀、踩到了无数只脚，终于回到了原处。没有看到你，而你的手机在我右手的包里。就在这时，你从洗手间走了出来。我表现得很镇定，就像什么都没发生一样。

客车内的温度渐渐升高，你摘下了手套。我当时有一种莫名的冲动：抓住你的手。但是我没有，确切地说，是我没敢。我甚至天真地幻想着你睡觉时头会不小心靠在我的肩膀上。你一定以为，当你靠在座位上睡觉时我在看车上放的盗版电影。你错了。你不知道，把目光从你身上移开，对我来说，是多么困难。

这些写在《食品真相大揭秘》书后空白页的文字，你可能永远都不会看到。

祝你幸福，即使那幸福并非因为我。

Simple&Single 简单身:

情人节的第二天邮箱出现这封邮件，心里想，如果它早一周出现，也许人们就可以在情人节那周的报纸上读到。不过，没有关系，情人节过完不久，这封写给所有人的情书，出现在任何时候，都会让人喜欢的。当然，这也会让男朋友更难当一些，这情书的标准有点高。

我把这封邮件贴上了BLOG，由于我的BLOG时政内容不少，所以里面经常充满了观点激烈对立的人群；网络，那里混着一群魔兽，他们尖硬、尖锐、尖酸——他们是传说中的尖头们（gentlemen）——我不觉得这有什么不对，网络的沟通方式，有点像是庭审，往往只找对方死穴，稍稍有点作，那就会被挖苦得体无完肤，原来你想摆个POSE说自己爱“默默流泪”，砖头会拍得你当众嚎啕大哭。

我很奇怪有人说网络与现实不同，在我看来，网络比现实更像现实，尤其是它的残酷与对人性的压榨——是的，人性是碾磨后的萃取物——它不相信一切轻飘飘的物质。爱，就被认为是这种轻。在这封情书后面，它那么单纯，也无劲爆的画面与情节，更不涉及价值观冲突，是轻中之轻，是飞过哥特尖顶的羽毛，是风筝之上的流云，可是，那些网络上的尖头们，他们多数除了大喊“勇敢向她表白”，就是觉得感动的温暖——都温情得有点作了。

也就是说，这情书是经过了考验，它说出许多人心中对爱的体验。只不过，有人能量不足以保持它，随后慢慢变冷。有人会不同意我的观点，因为爱原本就是我们的一部分，个体多么卑微，也能持有它一直到死，就像萤火虫，它并没有打着一盏小灯笼，它身体会发光——这光，就是我们的爱。

爱虽是我们的机能，不幸的是，因为是人，这机能的开关掌控在我们自己手上，在无意识当中，一些人关闭了它——于是变成了不会发光的萤火虫，当别人问我们为什么不发光时，我们的理由却是：世事艰难，人生苦乏，经济危机，哪里买得起灯笼？

“不是你不知道真相，而是你不想知道真相。”纽伦堡审判中这句著名的论断，说出了德国人在二战中全民坠入魔道的原因。关闭自己的爱，当然没有犯罪，也不能算入魔，我只是觉得可惜，你没有爱情，不是因为世界上没有爱，而是你不想去爱。

爱一个人，被一个人爱，你看着她，免于恐惧，再也不必害怕此生就这么虚度了。

爱一个人，哪怕另一个人最终并没爱上你，你说：“祝你幸福，即使那幸福并非因为我。”在书页的空白记下自己“莫名的、十分强烈的幸福感”。从此以后，你不太可能变成一个冷酷的人，今夜试着走到暗处，你发光了……而且，还有温度。你再也不必害怕此生没有爱情了。

祝开心。

连岳

2009年2月24日

# 爱一个人，而不是爱全人类

连岳：

那篇《少问一个为什么》是触发我写这封邮件的起因。

我是个二字头生日所剩无几的女青年，现在某帝国主义国家留学。但因为长着一张欺骗性的娃娃脸，所以不知道的人都会以为我是大一新生。大约这也是为什么我会遭遇这段滑稽经历的原因。

去年底，我所在的学院的教授给了我一个短期工作——给即将前来做学术交流的某博士做助手。我自然很高兴也很期待。在大学网站上看到此男的诸多赫赫头衔，当然对此男心生景仰。想不到的是，初次见面，此男撇开学术问题，直接问了我很多私人问题，我如实回答了。在得知我是单亲家庭的孩子并且还没有男友后，他异常来劲，大肆对我发表他是如何如何重亲情重感情。接着又发表了一通如何博得领导欢心和避免被穿小鞋的演讲。你想，我可是经过《我爱问连岳》I、

II洗礼的，怎么可能上这么恶俗的圈套，我开始觉得不对劲了。

我带此男去本市某著名博物馆参观。因路程比较远要乘公交，令我惊讶的是，此男居然问我，不买车票行不行。在我告诉他，如果不买票被查到是要上报纸通告并留下纪录之后，他不情愿地买了。在超市也是，他拿了一小块生姜，问我可不可以放进口袋直接拿走。汗……最搞笑的是我们到了该博物馆后，此男居然嫌门票太贵而没有进去参观，还让我对教授说谎，就说我们已经参观过了……更让人受不了的是，此男居然频频对我明示暗示，想让我做他的情人。

我着实是被恶心到了，但是绝对不能表现出来。于是我充分利用我的天然优势——娃娃脸，时不时瞪大眼睛，提点愚蠢问题，扮纯真无知状。他也没办法，只不停说，你太单纯了，缺少社会阅历。连岳你说得实在太对了，中年猥琐男们其实都是色厉内荏地耍点计谋骗女生的货色，他只敢嘴上说，并没有什么实际动作。就这样，一直到学术交流结束，前后一个月时间，我和他相安无事。

我庆幸自己没有犯《少问一个为什么》中那个女孩同样的错误，但之前我犯过另一类型的错误。

几年前在我还没出国时，不愉快的童年经历，破碎的家庭，离婚后还经常有摩擦的父母，都使我时常觉得很抑郁。但我却从不在人面前展现这一面，也没有找人倾诉，大学毕业了都没有丝毫感情经历。他是个普通的少年，乐观、阳光、单纯，心里并没有那么多沉重的东西。偶尔认识后他提出要和我交往。也许是察觉自己这样的心理状态不正常，也许是想要变得和他一样无忧无虑，我答应了。两周后我便提出分手，他苦苦哀求也没能打动我，因为我很清楚那不是爱，我不能自己骗自己。大约他很受伤吧，他哭了。我很内疚，决定在搞清楚自己到底有无爱的能力之前不再祸害他人。

我分析了自己的症结：父母的婚姻是失败的典型，特别是后期，连基本的尊严都丧失了，巧的是周围一些亲戚邻居的婚姻气质容颜也都很差，这使得我对婚姻不抱任何幻想；出轨、外遇无数的父亲曾亲口对我说，男人都不是好东西，天下乌鸦一般黑。很长一段时间，我无法信任男性；童年经历和一个情绪化的母亲使我生性敏感。所幸在国外可以远离这些人静静思考，持续地看你的文章（当然，熊培云、长平等人的文章也有很大影响）都对我恢复正常状态有很大帮助。可是我依然不确定我是否已经准备好接受一个人了，然而时间却无情地流逝。我想，坚信爱情并且能拥有纯真爱情的年龄已经离我远去。我知道，爱情在我生命中只是一小部分，然而“没有爱情死不甘心”。那么我该怎么办呢？立刻行动交给现实去检验吗？要是结果证明答案是否定的，岂不是又要有无辜的人受伤害吗？

AMELIE

AMELIE:

中年猥琐男，这个名词的正确释义是：中年且猥琐的男人。但是一些读者理解成“中年男人都很猥琐”，这就不对了，只能给零分。有中年男人愤怒地质问我：连岳，你也是中年男人，难道不怕别人叫你猥琐男、怪叔叔吗？真是此地无银的中年男人呀，连理解力都这么猥琐。其实猥琐起来，老中青都一样不可爱，只不过，中年男人猥琐起来，有股志在必得，一切尽在掌握的劲头，猥琐得尤其有力量，因此显得特别猥琐，在此与所有中年男人共勉，要爱就要光明正大地爱，你是去寻找爱情，而不是将自己定位为跑单的嫖客。

女人在什么年纪都可以漂亮，男人在什么年纪都可以清爽，这是正常爱情里两性对自己的信心。爱永远不会猥琐。猥琐是各种伪装成爱的关系。

说到中年猥琐男，中年男人就全不开心。这种错误的理解方式其实普遍存在，甚至有人认为，在一个传统久远，历史的影子浓重的地方，人们认识事物时喜欢使用这种一般概念与集合名词，个人总是身子单薄，声音微弱，说“我们”时气壮山河，说“我”时胆战心惊。

而爱情，恰恰是只能说“我”的领域，是“我爱你”，而非“我们爱你”“我爱你们”和“我们爱你们”。这就碰触到我们的弱项了。先要把“我”从“我们”中解脱出来，然后把“你”从“你们”中解脱出来，才能到达“我爱你”的爱情领地。

爱情是去爱一个人，而不是爱全人类。后者只有耶稣与佛祖做得到。他们还都不恋爱。

我同意你的判断，有许多猥琐的人，人有许多猥琐的成分，我们观察到身边的婚姻，往往都被当成冰箱在用，耗费电力，时时维修，就是为了让它持久冷酷，保留一点残羹冷炙。许多父母存在的目的，好像只想向孩子证明婚姻对人性的压迫。但这不能得出以下结论：人都是猥琐的，婚姻当然是压抑人性的，爱情全是骗人的。这一是偷懒无效的思维方式，二是用他人的错误来惩罚自己。等于为自己开始爱情列了一个不可能存在的大前提：全人类必须完美，之后我才考虑爱情。有些天真的哲学家与小品文作家相信人类可以达到这种境界，但我认为，我们有生之年是等不到了，我们还是承认自己与他人的不完美吧。爱情是两个不完美的人的灵肉契合，正因为不完美，所以我们才去爱另一个人，她身上，有我没有的美。

爱是一个不停演化的主题，谁也不能说全了解它——就连那个连岳也没资格这么说——它也是个试错的过程，上一代人和旁人犯的错误，不是让你戒掉爱情的恶心疗法，而是标识出危险区域，后来者不必再作无谓的牺牲。我们越能发现他人爱的错误，反而要越有信心。至于受刑人诱惑你，说“爱情的下场都是如此”，那只不过是他们把别人也拉下水的阴暗心理，当耳边风吧，如果你想找乐子，当然也可偷闲挖苦他们几句。

祝开心。

连岳

2009年2月24日

# 恨是爱的重要内容

连岳先生：

您好！

有坏消息，我的。我这两天要离婚了，照理说一对怨偶离婚，双方应该大放鞭炮以示庆贺，再加上这场婚姻中我的身心皆受摧残，应该比他多放一些，并且长呼一口气，仰天长啸“我又回到自由世界”，可我一点也乐不起来。

他骂我时像骂猪一样的表情，像打石头一样砸在我背上的拳头，教我只记得恨，乐不起来，一个满怀仇恨的女人是丑陋的，不管她的皮囊多么光鲜，更何况我最多够得上清秀，为了美起来，请您教我忘记仇恨吧。然后您还要负责安慰我，虽然离婚由我最终首先提出来，并且貌似我首先出轨。

我是不是应该先告诉您点什么，然后您再来说点什么，好的。我和他是大学同学，我是那种在恋爱中就不顾死活的人。磨合期很痛苦，我常干些半夜跑去坐环线公交之类的事。但感情在，感觉得到。来自双方家庭的阻力大到爆（结婚前夜他爹还发短信给他诉说看他娶我，他是多么不满意），奉子成婚的，婚结成后，真正的噩梦开始，他不满意我的所谓的事业心，坐月子的时候又和他母亲处得很烂，我从娘家回来带孩子他又常常抱怨孩子带得不好，婚前偶尔的打骂成了常态。

我总是惴惴不安的，不知道什么时候被骂，哪里又不入他的眼，但洗衣做饭带孩子还是努力做好。也有肌肤之亲，但总是前一晚还卿卿我我，第二天我在他的嘴里成了猪狗不如，这常常让我觉得屈辱，觉得自己像个半专业的性从业者。您看，我是不是更像人质，自己被自己绑票，要为了孩子完整的家去撑，结果把孩子眼中的妈妈撑成女奴？上帝保佑，我没有接着去自虐自残，最近上帝派了个人来拯救我——我的世界里突然出现了个我喜欢的异性，也可以说他一直在，只不过现在换了个角度看他，觉得哪里都好。尽管他不喜欢我，可我喜欢他，喜欢一个人是多大的力量呢，我想美起来，想重新在自己喜欢的领域做出一些事情，我在好起来。

人人都需要爱，仇恨只能绑着人，而爱使人温暖快乐。亲爱的连岳，上帝还是宠爱我的，让我在2009年的开始就明白了这一点，我心里是暖暖的，如果能得到来自您的鼓励，我简直要得意一年了，所以，鼓励我吧，假如我是明珠，您的鼓励也许能帮我尽量早点洗去裹挟在我身上的尘埃，让我发出光芒。忘了祝福您呢，“岁月静好，现世安稳”送给您吧，会不会是多余的呢？像您这样聪明的人，应该没有什么烦恼了吧。

小羽

小羽：

失恋的情歌更受欢迎，因为几乎人人都有心碎的经历——如果你是一个歌手，应该知道这点。复仇的电影容易赢得票房，因为几乎人人都曾起过手刃仇人的想法——如果你是一个导演，应该知道这点。

爱情的美好，人类彼此相爱，一看到这类主题，就会联想到乏味的宗教布道者。关于恨，他们有一系列绝对正确的套话，我是不是也来重复一次，告诉你，有人打你的左脸，连右脸也伸给他？有人强求你走三里，就陪他走十里？当然不。

不过，爱不可或缺，不宽容人类就会走向自我灭绝（至少这样的生命毫无意思），这倒是我绝对同意的。同时，无论是从情感专栏，还是从我活在这个世界上的经历告诉我，恨，才深植人类的心中，爱是恒久忍耐，恨也如是。只要涉及分手，情人也罢，夫妻也罢，恨意就在两人心里滋生——多数人不止恋爱一次，离婚率也在持续高升（顺便说一声，我不觉得这是什么坏事，这说明婚姻的纠错功能在起作用，正如让你从婚姻暴力中逃生），这样看来，以爱始，以恨终是经常发生的事情，人类有别于动物的爱情机制反而看起来并不理性，你看，它产生的恨多于爱。

恨是爱的重要内容。这悖论，像是上帝送给人类的黑色幽默。让我来解这个悖论，恨如果能顺利消解，当然就要放下——

不过说实话，这就不叫恨了——恨在我们心里，又无法用枪轰掉那个讨厌的家伙，反之亦然，你的前夫心里何尝不恨你，施暴者反而可能最真心地以为自己是受害者。因爱生的恨，这些怨偶力量相当，谁也奈何不了谁，分手后也许以后也见不了几次面，可是却会挺在意对方的消息——目的很明确，希望他倒霉，让自己开心一下。根据同理心，你一定也会知道他希望自己倒霉，两人于是都有活得好看的动力。

恨建立了最坚固的竞争关系，人生是从生到死那天的时空整体，如果不幸拥有一段以恨结束的感情，它逼得我们在之后成为一个更强大的人，那这就是恨存在的价值，就像你现在的选择："喜欢一个人是多大的力量呢，我想美起来，想重新在自己喜欢的领域做出一些事情，我在好起来。"也就是说，分手后越早爱自己的人，脸越早亮起来的那个人，就是更早满足了复仇欲望的人，而且这个领先优势可能很难逆转。

大可不必害怕恨，它让你更不能放弃自己，只要你知道恨的规律就行了：自我放逐的弱势姿态并不能复仇，这是他希望看到的；常见的悲泣、自虐自残，是复仇策略的大忌。怨偶之后，去爱另一个人，这时候，你既是在爱，也是在复仇，这样的时光，有了两倍的密度，也不算差吧？祝开心。

连岳

# 扔掉胆怯与土气的内衣

连岳：

看到这封来信（指《我心中有种莫名的、十分强烈的幸福感》），我多么惊讶，连岳，我要告诉你我的故事，让他知道一个有相似经历的女生是怎么想的。

几年前，我进入一所大学读研究生，那时候我很年轻，没有男朋友。小时候，母亲极其严厉粗暴，养成我自卑的心理，以为我样样不如人，好不容易考上大学，也保持以前的习惯，穿着难看的衣服而不知，因为母亲说女孩子不能浪费精力在打扮上，又哄我说我很漂亮，不打扮就够好看了。土气，内向，完全不知如何与人交往的我毫无波澜地度过了大学时期。

读研后，个人经济能力好转，我在和同学的交往中学会了很多——女孩子要穿好的内衣；原来穿衣服有款式、颜色、场合的区分；恰当的搭配能遮盖缺点发扬优点；淡妆；护肤；甚至内裤也要选品牌。一个学期过后，我整个人都变了，从外至内达到了普通人的水准。呵呵，多可笑，母亲二十多年的欺骗性的教导，几个月就全部被丢进垃圾堆了。我并不怪她，后来她说，她一切都是为了我好，怕我分心考不上大学。考上大学后又怕我分心毕不了业。我真的不怪她。只是暗暗怪自己觉醒太晚了。

然后，我感觉到了上课的时候，班级活动的时候，有两道炽热的视线在跟着我。但一直不知道是谁。我想，既然喜欢，那就说出来吧。李敖写他追太太的时候说，他觉得好的女孩子比所谓的脸面重要多了，所以我想，不敢说，那就是把自己的脸面看得比我重要，也罢！

后来我和一个同学恋爱了，他毕业后出国了。出国前，我们约定，我等他博士毕业回来。我们一直线上联系，他真的很好，温柔、耐心、细致，对学业、对朋友、对家人、对我，都认真又仔细做到满分。直到分手两年后的现在，想起他时只余感激。

和很多出国学生一样，他有了很好的研究环境，做出一些成果，然后有了留下的资格。于是他说，对不起，我决定留下了，我们分手吧。我还记得那天太阳很好，窗外蝉声细细地起伏，我居然没有哭，也没有说别的，只问了一句，你决定好了吗，不能反悔哦。他说，是的，对不起。

于是我说好吧，再见。等头像灰了，我删掉并拉黑了他所有的联系方式。然后我们再也没有联系。

后来在一个班级聚会，有人问起我几时结婚，我打着哈哈说还单着呢，有好的给我介绍呀。晚上回去接到一个电话，我忽然知道，当年那两道炽热的视线是谁发出的了。是班上一个稳重到有点古板的同学，古板到我不忍心开玩笑——也不敢往他身上想。他很急切地告诉我，他当年如何爱恋我，但是因为自身条件不够好，他觉得要好有钱才配追我，他当时没钱。但是他毕业找到一个好工作，现在他有资格追求我了。聚会的同学知道他暗恋我，所以立刻把我的电话告诉了他。问题是他在另一个城市，他不可能离开他的城市来我的城市——因为我所在的城市房价太高，高到让他绝望。这里买一套房子，够他在那里买一套房子再加二十年美好人生。所以，我去是最好的选择。

我现在确确实实是大龄了，目前也没有男友。我拒绝了。有机会在一起的时候，因为没钱不敢追；在毫无感情的情况下，建议我放弃本地的一切去嫁给他，这个人，欠缺的不只是钱吧。我的前男友，当时也很穷，但并不妨碍他买美丽的信纸给我写情书，打工给我买礼物，晚上拥我坐在草地上畅谈美好的未来，虽然这个未来多么多么脆弱。作为一个人，我始终觉得勇气是比钱更宝贵的属性，勇气意味着对自己的发自内心的肯定，如果一个男人连自己都不敢相信，又怎么能奢望女人去相信他呢？需要金钱、地位这些身外之物来鼓起勇气的人，可靠性实在堪忧，他看不到也不相信蕴含在自己大脑和身体里的价值，只相信看得见摸得到的存折，这多可悲呀。如果当初他说了，问我愿不愿意陪着他一起奋斗，即使当时没有答应，现在我也许会同意交往。可是他当年只知道一直缩在人群后面看我。我不喜欢这样的人，穷不掉价，怕才掉价呢。

而父母知道我拒绝人之后，非常愤怒，指责我不该放跑这么好的男人，以后看怎么嫁出去……可是我真的不想因为大龄就嫁给一个我不喜欢的人呀！

这是我真实的想法，也许在连岳你看来，这种想法粗浅可笑吧。希望你能指点一下，究竟是我错了还是他错了，还是我的父母错了？

真

真:

这两封邮件合起来看，就完美了。

《我心中有种莫名的、十分强烈的幸福感》里的那位男同学，他身上有种爱情应该有的细腻，我一直觉得爱情会让我们细腻得产生第六感，与心爱的人在一起，不需要言语也能感受到她的气场变化，情诗就是这样写出来的。有些过于敏感的人，甚至觉得爱情当中的能量过于巨大，自己承受不起而主动放弃。丹麦哲学家克尔凯郭尔斟酌再三，就选哲学而舍美人。当然不能细腻到这种爱不如不爱的神经质，除非你以后也能成为一大哲学家，以证明自己心智强大得足够放逐爱情。

细腻的度在于你要能生存，这符合进化论的要求，物竞天择，适者生存，如果细腻只是自己的心理活动，她一点不知道，那就不是现实的爱情，而只能是虚构的爱情，适合去写小说或者搞哲学。细腻现在已经很罕见，情书写得漂亮的人也不多，有人说，若论爱情，这个时代可能有点先天不足，我们爱名利、爱虚荣、爱强烈而刺激的功效，在静脉注射的时代，鸦片烟就是古典主义了。这个想法，在我看来，未免过愤了，名利之类一点都没错，错在用这些否认爱情的存在，甚至，错在爱情太过软弱。

写情书的一定要知道，情书不是写给自己看的。今天就说到了第二个要素,勇气。把情书递给她。在人类的演化史中,爱情显然迟于交配，也就是说，爱情是文雅的交配，文雅之目的是交配，这文雅是要展示给对方爱的。

细腻在心中发酵爱情之后，内在压力大到你不说出来，四周的墙就似乎要倒下来埋你，这时候，许多人做出了一个错误的选择，好吧，我先去成功，只要我爱她，成功以后还会有机会，到时她就不能拒绝了。是呀，听起来挺美的，为了一个人，隐忍、努力、成功。不成功的可怜虫我们就不去说他了——这不是宣扬庸俗成功学，而是他们自己往里跳——那些侥幸的所谓成功者，到了中年往后一看，自己身上的缺点依然在，因为许多成功，往往是你身上所有因素的合力，少年时的隐忍胆小，变成了中年时的更加隐忍更加胆小，不敢做的决定，仍然是他无法跨越的挑战，好不容易像今天邮件的男同学一样，半辈子后开了口，还露了年轻时的怯。

年轻天然就是恋爱的时光，也是最不应该害怕失败的时光，本来一无所有，担心失去什么呢？此时多多恋爱，命运自有一番深意的，你被逼得寻找自己的超能力，战胜竞争者引起她的好感，还得学会承受失败的求爱。只有在人生的这个黄金时期，说声我爱你，就可以俘获美人。错过了，你的勇气多半与晨勃一起慢慢消失力度，只能指望来生了。

年轻时，一定得做两件事，把情书写得性感一点，对收信人说我爱你。马上做，这就像姑娘扔掉土气的内衣一样，是不能怀疑的公理。

祝开心。

连岳

2009年3月10日

# 没有爱的疑问，你的爱就死了

连岳：

见信好。

我不买《上海壹周》，不知道为什么，从来没有买报纸的习惯。但如果从好友那里看到《上海壹周》，我直奔的主题绝对是你的专栏。收藏了你的博客，可以看到情感专栏以外的连岳。

没想过会给你写信，不过这才是生活吧，总是有很多想不到。前两天，心血来潮，买了《我爱问连岳》《我爱问连岳II》。这样集中看专栏，很爽。看来我是喜欢饕餮的人。

其实，我似乎没有什么大不了的、陷进去拔不出来、把自己搞得昏天暗地的问题。只是，想把自己的事跟你唠唠了，就写了。要说不期待你的一点点评论，那是假的，不过要是你觉得有其他更亟待回复的信件，那就不用管我了。

发现自己爱唠叨了，切入正题吧。

他，我，A。

他和A，他爱A，很久以来追求不懈。A曾拒绝他，但目前仍常共同活动。也许处于暧昧，外人无从知晓。

他和我，他一直将我当妹妹。某个时间点前，我当他是哥哥。某个时间点后，我的感觉不再单纯（哥哥妹妹的游戏，连岳是不是早已看腻。可是他对我真是这样的情感，和暧昧无关，我从没叫过他哥哥）。在忍耐一段时间后，我在明知无望的情况下，表白。当然结果是，他惊讶，我挥挥手说，我只是想让你知道，你不用管我，和A继续。其实心底里竟然是有着做备胎的想法（连岳，你会骂我吗？）。尴尬一段时间，他和我，竟然奇迹般恢复以前的状态，毫无芥蒂嬉笑怒骂，他也不忌讳在我面前提起A。

A和我，因他认识。A喜欢我，因为我是个不起歹意(说善良,觉得还不够格)的人吧。我喜欢A，因为欣赏A举手投足的气质，也因为感觉她心底里是个纯净的人。

我欣赏A，觉得她好。因此，我希望他们俩在一起。我会给他出谋划策，怎样让A感受到他的爱。当然，这样做的时候，我心里酸酸的。但我却又那么真切地希望他们在一起。

有人说，见到情敌的时候是咬牙切齿的，尤其女孩子，那该是醋意大发的。可是我却不是，每次见到A，我也会开心地和她聊天，不觉有任何不舒服。

有时，我甚至怀疑自己，我真的喜欢他吗？可是我明明一见到他，就会开心得嘴巴都咧到耳后根。一看到能帮上一点小忙，我就屁颠屁颠东奔西走，才不管自己是不是已经忙得焦头烂额。我会因为见了他，而好几天嘴角挂着微笑，一遍遍回味每个细节。

连岳，我是不是很怪的人呢？你说爱情是知识，要理性。我理性，知道没有希望，所以我选择了去另一个城市。可是，每每想起要去离他很远的地方，我仍然会难过。

（此处略去一段）

如果连岳会回答我的话，上面一段别登吧，我怕暴露了，呵呵……

祝开心！

无名

无名：

王小波好像在文章中写过这样的段子：原来他当工人时，见到一个老油子请假，大声地说出理由：今天见天是蓝的，看大便也是黄的！不行，得请假。工长一听就准了假，后来一想，不对呀，天本来应该就是蓝的（那时还没有污染，有也不像现在这么严重），大便更应该是黄的。上当了。

能当油子，就得有点能力利用人的思维误区，请假的理由，听者的期待一般是你将描述“反常”，反其道而行之地叙述“正常”，他可能要过一段时间才能回过神来。比如你问一个人，三个火，“焱”字怎么念？不知道吧？三个土，“垚”字怎么念？又不知道吧？最后再问一个字，三个木字，怎么念？他多半暂时也不知道了。

我们很容易被误导，很容易疑惑。正像你一样，什么事情都发生了，但没有不舒服——它们是应该出现的——所以，觉得反常。结论就是：这正常让我觉得反常，这舒服让我感到不舒服，这安全让我感到危险。

你的问题看似平淡，其实挺有意思，它说明我们在两种情况下会产生疑惑，因此想找个人问问：一是当我们和别人相同的时候，一是当我们和别人相异的时候。

也就是说，我们最真实的状态就是我们一直将处于疑惑当中，一直想提问。

而答案是什么？正如你看到的，往往也只有两种，一是你要和他们不同，二是你要和他们相同。

在这种情况下，许多人会觉得人生太像黑色幽默。对于没有幽默感的人来说，甚至只余黑色，太凄惨了。

而真正的问答大师保罗·蒂利希（Paul Tillich，一译田立克）说，这种“问与答”才是人生的常态，也才能借此触摸神性。

蒂利希虽然是20世纪重要的神学家及哲学家，但他说这些绝非是幸福地旁观。17岁，他的母亲死了（当然，这不算是太大的灾难，17岁，已经到了离开妈妈的年纪），1914年结婚后，他成为德军的随军牧师。他的老婆在他从军的分居期怀孕，他很明智地判断出这不是神迹，而是另一个男人辛勤劳动的成果。婚姻于是失败了。当然，据流言，他的情人也不少。

40多岁，正是学术上成熟之时，不幸得罪了最得罪不起的一群人——纳粹，大学的教职不保，只好在47岁时接受美国的工作机会，他不得不在这个年纪开始学习英语——看来在任何年纪都可以开始新生活，至少不要害怕在47岁接触一门新语言，开始一段新恋情。

后来，蒂利希用英文写了他最重要的作品，而且成为少数几个美国哲学家，他们在名字之前可以大大方方地加上“great”这个定语。他的人生，证明了自己的理论，人要有存在的勇气。人存在的证据之一就是你会不停地产生疑问，而答案会顺着历史的隧道走到你的耳边回答你。

这样的人，才不是瞬间，而是永恒的一部分。是飞行的箭，孤单，却由造物之手掷出。

我们中的许多人，可能比较尼采一些，认为上帝死了；对人生也无太大兴趣。作为补偿，我们逃避不了爱的枷锁，疑问通过爱统治我们，让我们直面存在。

没有疑问，你就死了。没有爱的疑问，你的爱就死了。

祝开心。

连岳

2009年3月31日

# 你不决定爱，爱就不决定你

连岳：

有件事情已经困扰我八年了，我觉得不能再拖了。

在高中时榆和我同班，当时他给我的第一封情书就写到他今生就认定我了。当时我只是觉得这是他的少年轻狂，对他不理睬他就知道知难而退。但是我错了，我后悔当时没有坚决地拒绝他。之后，他没有放弃对我的追求，我一直没有答应他，但也没有明显地拒绝。

后来有一次体检检出他有乙肝，他对我说，只要我对他好，他就会很快好起来。但是我无法给他他想要的那种关切，他希望我做他的女朋友。从那时起，他似乎对我产生了一种依赖的心理，只有我才能治好他的病。我当时不理解，只觉得他不够理智，只是想借口他的病给我压力，让我做他的女朋友。他一直请求我，说只要我对他好，他的病就肯定会好起来，有了我的真心他就有了一切，最后甚至到了乞求的地步。

我对这样的他有同情、有不解、有不忍也有感动。我只是在普通同学的层面上给他我能给的帮助，但又有所顾忌，怕他误会，怕他会越陷越深。就这样，在他病情重些时我就会对他好点，他稍好些，又会冷淡下来。

我的这种关心不是他想要的女朋友的那种关切。这样持续了一段时间，他的病情没有好转，没办法只好退学回家养病。他希望我能多联系他，还是对我抱有同样的希望，他的病只有我的真心才能治好。慢慢地我感到了他给我的压力，似乎他的生命就掌握在我的手里。我不能不理他，也不能做他的女朋友。最后想了个折中的办法，先做普通朋友等考上了大学再做他的女朋友。本想这样能给他动力，能好好治病重新回到学校继续考大学。但是事情并不像我想象的。他的病一直没有好转。这期间他给我来信，信里还是同样的请求，他并没有把我当成普通同学，还是希望得到我的真心。对于他的执着，我不理会。会给他回信，只是在同学的层面上给他帮助和关心。当时我的心里很矛盾，不知道自己是对是错，这样会不会让他愈陷愈深，这种同情和不忍会不会害了他。

我上了大学后，他仍在家治病。他的病情没有好转反而转成了慢性肝炎，他的心里一直觉得，病情的延误是因为我没有给他真心的帮助。我说过的上了大学就做他的女朋友的诺言没有实现。我们之间的距离开始越拉越远，我不会主动联系他，有的只是偶尔的问候。我希望距离的拉大和时间的流逝能消磨掉他对我的依恋，让他能够认清只有他自己能救他自己。但我错了，他对我的这种依恋并没有被消磨掉，反而增添了一份恨意。是因为我的无情，我的不守诺言，我的见死不救。我觉得这样下去既耽误了我也耽误了他。下定决心跟他彻底断绝关系。但是有过两次都没有成功。这两次他都到学校找我，以他的病情来威胁我。如果我不理他，他的病情就会很快恶化，他的家庭也会因此破裂。甚至一次他把匕首架到自己脖子上，以死来威胁我，让我不能不理他，没有我他就活不下去。

出于恐惧、不忍、同情和感动，自己两次都妥协了。和他有了现在的约定。在我读研的三年里，他不会强迫我干任何事情，我们各自朝着自己的目标努力，我硕士毕业后再做他的女朋友。但我知道这只是缓兵之计，我没有把握真的能实现诺言。

如果这样隐瞒敷衍三年，我不知道到时结果会不会更糟，也许那时通过努力榆会是一个新的榆，但是他是否能接受现实，会不会进一步加深他心中的恨，会不会有更不理智的行为，我真的不知道。我知道这很大一部分是我的错，请您告诉我我应该怎样做，能让伤害降到最低。同时我又该如何向榆提起。

诚至

诚至:

很庆幸，明白了一件事，原来爱情治不好乙肝。

稍加推理，很庆幸明白了第二件事，原来爱情治不了任何疾病。

其实爱过的人都知道，有时候爱一个人还容易得病，比如她感冒了，你又由于习惯，不小心亲了一嘴她，于是也感冒了。她好了，由于习惯，不小心又亲了一嘴正在感冒的你，于是复发了。无穷尽也。

我们得到一个东西的过程，往往就是了解这个东西的过程。爱尤其如是。这也是爱一个人能爱得久的原因，运气好的话，你可以在时间的帮助下看到他的不同阶段，在自己命运的迷宫里，也能找到自己都不知道的宝物，然后送给他。

人生在爱的觉醒阶段，就像入魔的人笃信巫术一样，以为爱的神灵一附体，就能解决一切问题——当然包括治好乙肝——这时候我们中的病毒，它的名字叫作“爱是万能的”。后来渐渐知道爱不能隐身，爱不能强身，爱不是点金术，爱也不是还魂草，爱无法防止食物变质，爱也不能增加电脑内存……这时候，有些人就准备中第二个病毒，这个病毒就藏在爱的木马里来败坏我们的心灵了，它的名字叫作“爱全是骗人的”。此时的症状体现为一听到“爱”字就心生暴躁，恶念迭生。

你年纪不小，可还处于第一种阶段，相信爱能掌握你的一切，甚至在纸上写出一道难题，等号的右边，三年以后，自然有爱写出答案。甚至以“爱”为名义的任何东西，都能控制你。

人是依赖性很强的动物，依赖几条简陋的偏见，也可以混一辈子的。可笑的事情在自己身上滋生八年，那么，这既证明了可笑的事情确实可笑，也证明了自己是个可笑的优良载体。狼证明了狈的存在合理，狈证明了狼的存在合理——这种互生关系好像有个成语可以形容，一时想不起来了……

爱的作用之一是让人脱胎换骨，说得明白一点，爱的最重要属性是让你快乐，快乐的程度大得像重新出生过一次，把人包裹成不能动弹的悲惨姿态，那是蜘蛛在捕获猎物，蜘蛛自然爱这个猎物，慢慢失去生命力的猎物可能并不会有爱的感觉。当然，你会说，人不是动物。是的，所以人沦为牺牲者也会爱上自己的迫害者，人会依赖自己的不幸事件——只要它持续得够长。

悲观的人说，人就是不幸的，如大火聚。我倾向于同意这种观点，因为它对爱有利，爱是让人脱离不幸的重要决定，如大火聚中的大清凉。前一句话的重点在“决定”两字，如果你没看清楚，让我重复三次：决定，决定，决定！

我们什么时候得做决定？条件不一而足，没有定论，但是当不幸与不快乐持续八年之久时，是一定要做决定以改变现状的。

爱始于决定，敢对自己的选择负责任，决定靠近一个人，或是离开一个人，之后，我们有可能得到爱情，也有可能得不到爱情。

不决定，则一定得不到爱。你不决定爱，爱就不决定你，你步入爱情的不幸9年，不也是很公平的事情吗？

祝开心。

连岳

# 千年桑树每一叶的爱情

连岳：

连岳，现在谈论自己是件异常困难的事情，我只是试着勾勒一下大致的轮廓：26岁，在一所医科大学里读研，马上毕业。我们老板的研究生机械反复的培养方式让我痛恨郁闷，再加上老板娘的蛮不讲理（他们的结合是一个平庸又离奇的故事，现在想想也都是可怜人），于是与之公开决裂，被封杀长达一年半不过总算即将顺利毕业，可是此期间的学业等同荒废，而更糟的是这些天来我发现自己赖以生存的信仰支柱在一点一点地崩解。现在我的状态是在电脑前一坐就是一天而无所事事，对于无聊和无力感的承受力连自己都感到恐慌。工作也找得很不顺利。

连岳，我该如何形容自己呢？我是一个身高180厘米的男生，相貌和身材一眼都绝不是使人生厌的那种，也许是书读得很多的缘故吧，心情放松的时候幽默感是信手拈来的；可以在卡尔维诺、米兰·昆德拉和普鲁斯特的文字里找到乐趣，状态好时思维和解构的能力都应该是一流的，可是总以为没有用在刀刃上。为什么我自己的事情却总是这么一塌糊涂呢？我曾经亲眼看见自己的心灵是怎样一点一点地打开来的，当时的我是怎样一点一点地享受着每一天的阳光，面孔和身体是怎样由衷地舒展着的。当时的我也在享受着许久不曾拥有的自信。

可惜，也许是生命中贪得无厌的欲求，或者是对于平庸太过于激烈的敏感，当我发现周围的人和氛围与我自己内心里所期望的相距甚远的时候，马上就陷入了一片深不见底的虚无中了；也许是太过于自我，也许是确有其事，我感到自己的尊严无时无刻不在遭受着侵蚀，我在很短的时间里就亲手毁掉了自己用开放的胸襟所建立起来的人际关系，把他们念头里阴暗的一面放得特别大，这种思维方式几乎是致命的。心理力量曾经有过的井喷式的爆发让我对自己的力量深信不疑，甚至到达狂妄的地步，直到入了它的反面，让我也有了现在看来好高骛远的行动和想法，当然失落感也很深。崩溃以后，我现在想做的每一件事都在碰壁，突然间对以后的工作，不管是什么行业都充满了恐慌，对于医学科研更是毫无信心，自然也不知道自己究竟想要什么。

如今的状态和现实让我恐慌不已。可是我发现在我脑海的千头万绪中还残留着爱情和理想，但我现在也几乎不知道该把它们放在一个怎样的位置。我曾经被一个女孩子追过，然后答应了她，那时候正在我自觉得心花怒放的时间段里，虽然在一起也可以，营造了些许浪漫，可是正崇拜着《不能承受的生命之轻》里的托马斯的我，以为一个真正的人不该被一段世俗的感情所束缚，我的这份不上心也被她看了出来，于是要求分手；其后才知道珍惜的意义，她也一直没有再恋爱，在南京定了工作。我笑着和她说要当南漂，考南京的博士，现在却没有把握，难道终究是爱得不够？

在突然间对一切都厌倦了的时候，就想去挣钱，想去当医药销售代表，却突然又鄙视起自己来，好像是彻底背叛在成长期给自己许下的诺言。看到困难也逡巡不前，无论如何都舍不得把自己豁出去，而曾经的我是一个蛮喜欢克服障碍的家伙。在找工作不顺利时候也曾有干脆就到民营医院去的想法，那里也有着诱人的收入前景，可就算是高薪也提不起精神，还有莫名其妙的恐慌。我也想过这样浑浑噩噩进退两难活着倒不如给自己一个了断，我青春期过得惨淡而无颜色，然而这么多年来的自我教育终归是让我对于美好的生活有着别人难以想象的渴求。而现在我对于一条看似俗气的世俗出路有着无比的渴求。

Cheer

Cheer：

经济危机，又找不到工作，正是怀疑人生与爱情的好时候。

雷曼兄弟倒闭的那天，有人给我写了邮件，说当晚女友就和他分手了，他倒很平静，认为，这就是现实。

是，爱情总要有面对现实的那一天。有的站不住，有的站住了。

站住了的，才是适合我们的爱情。

你的怀疑，它迟早要来，不如好好想一下。有些事情在顺境时是想不清楚的，找到的解决方法都是梦幻般的“何不食肉糜”。根据经济学家的说法，这段可贵的怀疑时光并不长久，也许过了2009年，大家又找得到工作了。

你得到的自画像是：“可是我发现在我脑海的千头万绪中还残留爱情和理想，但我现在也几乎不知道该把它们放在一个怎样的位置。”

不错，摸摸行囊，爱情与理想，硬硬的还在。

爱情这么大，放在哪里呢？

几天前，忽然心血来潮，去了泉州开元寺，游人正好疏少，木棉树又恰逢花期，百柱殿的后侧西边，是那棵据说开过白莲花的千年老桑树，绿得占据了半个春天。大雄宝殿上方所书的“桑蓬古迹”，即指此树。

黄永玉少年时流浪在泉州地区，自然也来骚扰过开元寺。

当他在这棵千年桑树上耍蛮时，一僧人在树下好言相劝，这个和尚就是弘一法师。

佛教界尊弘一法师为近代重兴南山律宗的第十一代祖师。律宗，望文生义，也知道是研习纪律的，又重又难。与爱情有得一拼了。

弘一法师在宣扬律宗时如何安置这些宏大的教义呢?

不能指望每个人都精通佛学，更不可能出现人人热爱戒律的美妙法界，人只能着眼于方便易行的小事。他于是时常劝人听时钟念佛，将滴答滴答的声响，转换成为“阿弥陀佛”四字。戒律，就从这简单的摄心开始。

任何庞大的东西，从律宗到爱情，从人生到国家，从理想到梦想，都将放置在可行的小事上面开始。也只有在小事上站住了，才算站住。

比如一个国家先进与否，标准的开列可以忙死全球知识分子，不过你从人们爱不爱排队，公共场合的清洁程度，就可以判断出个大概——当然，千万不要为了自己的面子，理解成插队越多越文明。

比如前几年在小布什声称要严厉对待非法的墨西哥移民时，美国人反而上街反对——这样看来，你不必研习美国宪法，也知道他们声称的自由包容多少有点影子。换成有些地方，总统要踩乡下人，大家都会开心死。

你问我，要如何安放爱情?

古桑在每一片叶子上安放自己的生命，它这样活了一千多年，我们可以像它一样安放爱情；戒律的安定从每一秒钟开始，我们可以像它一样开始自己的爱情。

我想，给她打个电话，发一条肉麻的短信，见她时早一点到，一起去找好吃的东西，在寺庙假装许个愿（毕竟，你是学医的），穿干净的袜子，体味清爽一点……爱情，就安放在这些地方，微小到一天可以细分出一万个点。

爱情不是庞大的整体，像是对生命造成压力；爱情是在细碎地支撑着生命，是我们的一部分——无论在任何时候都是如此，即使是在经济危机当中。我们卑微如蜈蚣，爱情也会变成那一千条脚。

祝开心。

连岳

2009年4月7日

# 分手指南

连岳：

你好！我是个女人，一个深爱自己老公的女人。去年年初，我们结婚了。八月的时候他在上海换了一个项目，非常忙，所以他主动联系越来越少了，我也理解他，尽量让他在空余的时间多休息。后来我才知道，忙只是他对我说的理由，由于业务关系，他认识了一个小我们三岁的女孩，并且爱上了她，更可怕的是，对这个女孩说他还没有结婚。这个女孩非常爱他，他们一直联系，直到现在。

上个月我被派到上海工作，与他一起生活，一次他酒醉后照顾他时我无意中看到了他的短信（我一直很尊重他的隐私，不翻看他的手机不查阅他的联系记录比如QQ什么的，这一次完全是偶然），我顿时觉得生活被颠覆了，我没有吵醒他，默默在房间里面哭，默默地抽烟，默默地徘徊，默默地用刀子割伤自己。

清晨五点钟我跑到公园去行走，每次我觉得

不开心的时候我都自己去跑步。一直等到八点，他每天起床的时间，我打电话约他出来谈。他很坚定地说他和那个女孩没什么，虽然说了爱，虽然说了永远不离开她，可是只是说，并不是真的爱。他说真爱才很难说出口，就像对我。他说我是无可代替的，他说他永远不会放弃我，除非我坚持分手。晚上又约了那个女孩，我们三个面对面地谈，我只是质问那个女孩为什么会这样，我只是想弄清楚事情的真相，但是我的口气很硬，在气头上肯定会是这样的。可是他居然嫌我谈话的方式不对，说我应该温柔些，应该好好讲道理。

谈到最后，他们俩当我的面答应从此以后不再联系，包括业务上，信誓旦旦。谈话结束后，那个女孩离开，给我打了个电话，说，嫂子，麻烦你再给我最后一次机会，我和他单独谈五分钟。我答应了，我想，最后一次了，让他们单独做个了断。我在茶室等了半个小时，他还没有回来，我就买了单，自己离开了。

他回我们住的地方后，说她走了很远，他找了她一会，耽搁了时间。我默然了。那几天我吃不下，睡不安稳，总是梦见眉毛被自己修剪得残缺不全，梦醒后只是哭泣，瘦了五斤。后来过了几天，又是他酒醉，我照顾他，发现他给她的短信（这次是我主动看他的手机）：“好妹妹，你怎么了？”我非常伤心，穿上衣服就跑掉了，我无法面对第二次背叛，我茫然地在这个陌生的城市行走，他，还有她，都给我打电话。我说要分手，要离开这里，他说他放弃一切跟我走，只是让我别离开他。到后来我的朋友给我打电话，叫我去她那里住，我就去了。

一直到晚上12点，他一直打电话，问我在哪里要找到我，又可怜兮兮地说老婆我走不动了，你让我找到你。我心疼他了，告诉他我在朋友那里，他说那好吧，你睡个好觉，明天我去接你。第二天见了面以后他说再给他一次机会，我不同意，说了很久，可是到了最后我还是跟他回去了。（我是不是很傻？）回去了以后我给他定下了规矩，我要他补偿他从前对我的冷淡，可是他一天也没有做到。

我总是劝自己，他还不习惯，他在很短的时间面对一种结束和另一种重新开始很艰难。我每天假装开心地笑，我想我以前也有做得不够好的地方，用心地照顾他，体贴他，温柔地对待他，我也看出他在努力地返回我身边，努力地爱我。他每周日都去上日语班，是他自己想要多学东西。我觉得他是在为我们的生活努力，为给我一个幸福的未来努力。可是昨天，确切地是今天凌晨，我发现他每周日是去跟那个女孩学日语，去跟那个女孩约会！他们约好了在老地方见……

我该怎么办呢？我知道我还爱着他，我一次一次地跟他回来就是因为我放不下他，我知道他已经不值得我再付出了，可是我还是忍不住对他好，爱他。我该怎么办呢？

李多

李多:

类似的分手困局很多——其实情感关系中的“前分手状态”更多，多数人的关系中不耐烦的状态更会频频出现——换句话说，有必要写个分手指南。分手质量的高低证明了爱情质量的高低，也同时证明了个人存在质量的高低。

我还真想自夸一下，分手问题，其实是人类关系的核心问题。此文输出了重要的价值。但是我作为一个谦虚的人，这样的话又说不出口。

1. 分手的可能性永远存在，任何行为与契约都保证不了，我跟他上床了，我跟他结婚了，我跟他有孩子了，我重病快死了，我长得帅，我有钱……任何一条或几条都绑不住人，爱人有腿，随时会走，这种危机感会让你时刻证明自己值得爱。

2. 没有绝对合理的分手理由。再烂的人也不会觉得：就是应该跟我分手。所以分手的理由生硬粗糙、无迹可寻是正常的，不过是“我不再爱你了”的变种。所以主动提出分手的人，最好说：我不爱你了。别东拉西扯。

3. 不是“他们不爱你”，是他不爱你，你的价值不会下降，不要试图证明你可以更可爱，你证明过了，别做无用功。

4. 自残乃分手大忌，无论这个方法多么深受广大情人喜爱，也无论它在中国传统爱情关系中占据多么重要的地位。切记：我们绝不会因为一个人血肉模糊就爱他！

5. 也别违心地祝福他，以德报怨不是常人能做的事情，以直报怨即可，不要为了一时展示风度而懊恼。

6. 干净切割。不要尝试发现他“是不是还有一点爱自己呢”？你多半找得到这种爱的遗迹，这会让你产生等候宠幸的侥幸心理；也不要尝试发现他“离开我是不是生活得不开心呢”？你一定找得到他的不开心，就像你找得到任何人的不开心一样，这会让你产生他终究会浪子回头的侥幸心理。侥幸催人老，人老更侥幸。

7. 不要过多倾诉，他人的不幸是我们的快乐源泉。像那句俏皮话所说的：有什么不开心的事？说出来让我们开心开心。

8. 不要迅速寻找替身，也许人人都有几个暗恋者，更有不少借着提供肩膀吃豆腐的小人。你若试图用一个新悲剧取代一个悲剧，总是会得到丰富的回报，你将得到两个悲剧。

9. 不要绑架他人，比如家人、共同的朋友，尤其是孩子，他人不必承受我们的错误，也许可以强迫他们接受（尤其是孩子），这可以证实你是一个活该被抛弃的绑匪。

10. 人可以成为简陋动物，害怕新东西，对任何旧关系都有依赖性——哪怕是痛苦的、凄惨的、受迫害的关系——分手悲情容易诱导我们热爱简陋。

11. 人有潜能成为最丰富的动物，分手刚好趁机接触新东西——包括新男人、新女人。

12. 祝开心。任何一个厌世者在他死前三小时内都笑过。笑最慷慨，要多索取。

连岳

2009年4月28日

# 号称无私，即为伪善

连岳：

昨天我在看伍尔夫的《一间自己的屋子》，一边陪我妈做化疗，再有一件事就是陪她八卦。

窗子外头有一只铁皮盒时隐时现，昨天一天我看着它从16楼到楼底升降22次。16楼是手术室，意味着有22个女人做了手术，她们的病变组织就是放在这只盒子里直接传至底楼化验室等待宣判。

肿瘤病房呆久了，人很容易思考，因为喜怒哀乐实在太多太戏剧化。

比方邻床那个皮肤白得牛奶一样的女人，男人做房产，置有四套房，家财万贯。儿子才刚毕业，一表人才。

春节前女人动刀，我还眼见他们夫慈子孝，说家中离了女人如何不成。但这次情况又不同。女人查出有糖尿病不能做普通化疗，需要动用私蓄每月打一种两万三的针15次。于是病榻前男人便开始笑："须知你现在若用便是用儿子的钱。"儿子亦温柔表态："娘啊，我已上网查过，你的病一年是死，五年也是死，你想想是不是浪费钱？”

昨天晚饭的时候，有个朋友的婚姻出了问题。

我的男人问我：为什么如今贤惠的女人都没了好下场？

我说：倘或家庭出了问题，恐怕这女人不能称之为贤惠。

他说：可是她勤劳操持，孝顺公婆。

我说：但是你不会说保姆贤惠。

回头想想，这是我的偏见。

再说我和我母亲在病榻上的八卦。

我外婆的兄弟，如今八十有五了，这几年偏瘫在家，霸王似的一个人，样样要靠妻子服侍，妻子自然是尽心尽力。可是她年岁也高了，硬撑了两年，去年底突然倒地便死了。

事情开始变得戏剧化，人死尚未满七，老头突然不药而愈了，落地如风，四处跑动着要找老太太再婚了。

还有一个。这老头勤劳听话的闺女，被这老头做主，硬嫁给了他姐姐的儿子。她的男人为了孝顺自己母亲娶了她，可是从来不爱她，只把瘫痪的母亲交给她，名曰尽孝，前阵子还闹过要出家。如今，这家瘫痪的母亲死了。那个原本要出家的男人，风驰电掣般，与一个寡妇出双入对了。

这两件事，我的母亲总结是，贤惠不能让男

人领情，他们转瞬就可丢开。她很困惑。

而我想的是，这样两个我素来认识的道貌岸然的中老年男人，为什么突然奔放地追求起爱情了呢？

时机很重要。受惠的“家庭”消失了，他们的“自我”终于跑了出来，而他们的那个亲爱的，陪了大半辈子的贤惠女人，却在他们的“自我”里头占不到哪怕一丝一毫的影子。这样，他们的转瞬丢开也是符合逻辑的。

我的推理至此结束。

回到伍尔夫的“妇女与小说”，她说写小说的妇女每年要有500镑收入，要有一间屋子与现实生活在一起。其实我发现它放诸妇女皆准。妇女与婚姻，无非，每天要有自己的收获，亦要有没有压力的沟通空间。无非，要有“智力的自由”。

当然小说只是种形式，婚姻也是。小说也可以只是诗，婚姻也可以只是恋爱。

而我没有伍尔夫的天才，归结出纯客观存在的两样必要物质，或许你能？

ROMY

ROMY：

最近在重读亚当·斯密的《国富论》，每当经济危机降临，人人怀疑市场时，回想一下亚当·斯密看到的真理，总是有好处的。现代社会受益于他，不亚于现代妇女受益于伍尔夫的“一间小屋”。

亚当·斯密说了什么？很简单，人人心中只想赚自己的“一间小屋”，私利是他永恒的出发点。这衍生了最有效的行动策略：你想从他人那里得到好处，一定得让他增加自己的私利。在亚当·斯密之后，尤其是在收入下降时，你会看到许多人在批评人的自私，指责人的这种“卑劣”毁掉了世界的美好——这种批评一般都是希望他人听了之后无私，从而增加自己的私利。

如果以善良为衡量标准的话，世界上有两种人，一种是善良的人，一种是伪善的人。说出真相的是善良的人，抵制真相的是伪善之人。如果不幸没有善良的人说出真相，那么就会演变出第三种人，他们因为伪善得太久，以为伪善就是真正的善良。

我们曾经都是第三种人。

在亚当·斯密之前，人们手上追逐私利，嘴里却诅咒私利。以为世界的救赎是那些毫不利己的、头上顶着天使圆环的人种，结果只有两种：一是等不到，二是等来的只是高明的骗子。亚当·斯密告诉我们，无论是谁（包括我们自己），只要号称无私，即为伪善。

在伍尔夫之前，女人相信所爱的男人会给自己一切，从吻到生命，从钻石到水晶鞋，以为爱情的救赎是那些无所不能的王子，他身后有王国在支撑爱情，结果也只有两种：一是等不到，二还是等不到。而伍尔夫告诉她们，无论是谁（包括我们自己），要有私，才能得到真正的爱情，睡美人被吻醒之后，第一件事是找到自己的房契。

伍尔夫是亚当·斯密的爱情版本。有私产的女人，这不太童话，不过却取得了在爱情中的平等对话权。娜拉走后去哪里？回自己的“一间小屋”里。但伍尔夫的另一层意思也是逻辑的必然，这样的女人，她爱的男人，必然也是有私的，正像女人不全属于男人，更不能要求男人全属于女人。

你举了例子说明这个结论，“贤惠不能让男人领情，他们转瞬就可丢开”，从科学的角度来看，调查的样本数不够，得出的结论就会走样没有参考价值，我们很容易找到例子来满足自己最偏狭的信念。以我一个男人的角度来看，贤惠的女人肯定比不贤惠的女人可爱。当然，这不能推导出因为我贤惠你就非得爱我，这把爱情偷换成道德评定了。一个人人认为贤惠的女人，有个男人并不爱，那只能说明他们无法相爱，如此而已，不关其他男人的事，也无关贤惠的价值。

不想贤惠本来就是女人正大光明的选项，老娘我就想为了自己任性活着，你奈我何？把这种选择归因于男人很坏，那不过证明自己还愿意活在男权社会。

祝开心。

连岳

# 我只不过尤其爱你罢了

连岳：

你好！

前几天，他给我发了一条信息："你是我心中无法忘记的，你知道这一点就可以了。"在此后的几天里，只要想到这句话，心中都会一震，更不用说当时的感觉了。为了这句话，我满足地流了很多眼泪。原来他的心和我是一样的。

现在要交代一下这句话的来龙去脉了。

我们2001年冬天认识的，一开始我就感觉到彼此间的吸引力，但是当时我们都有男女朋友，就算没有，也知道彼此毫无可能。为什么毫无可能我也不知道，可能这就是我们的基调。我们之间，总有一点不真实的布景感。

断断续续的联系，不痛不痒的见面，有时打球，有时吃饭，每一次见面的感觉都是那样美好，但没有人向前走一步，直到"非典"那一年。我们迅速地靠近，迅速地分开。在一起度过两个晚上，因为知道不可能长久，留下的记忆凄酸多过欢乐。

现在我们都已为人父母，两家的孩子差不多大，两岁多，正是最心肝宝贝的时候。生活再正常不过，如果用幸福来形容也不夸张。这六年来联系已至最少，只是不能完全断绝。见面则更少，即使见面也都能止乎礼，随便聊聊，说点废话。

平时我们都是积极向上的好青年，有正常的人生步骤，但不知为什么，在一起就有点不管不顾的自私，希望时间可以冻结，置别人的感受于不顾。在六年前是这样，我以为六年过去了我会有所长进，但是当我们走在夜晚繁华的长街，我发现我们多么希望一直走下去，就像“失乐园”的结尾，两个人说着彼此的少年往事，消失在冰天雪地里面。

我常用这个故事警戒自己，若我也像这样走下去，必定要走到无路可退，也走进“冰天雪地”，这种毁灭是我所不能承受的。

想得多了，很难保持心情的平静。所以当他有一天给我发消息的时候，我的回复有点酸，有点火。于是就有了信开头的那句话。

这几天我在想，可以了，我就把这句话当做终点，把这段无以名之的感情收起来，有这段长度、有纯度、有默契的感情，还没有被破坏到不堪的程度。我很清楚，这是最好的结局。只是我欠缺一点力量。

也许是春天到了，上次和密友打电话，两个刚过三十的女人聊起了感情，这本来是四五年前的话题。在她那里，是一种笑谈风云的态度，在我这里，则有点蠢蠢欲动，想要跟她分享这个秘密，终究还是没有。我只是跟她说“一个朋友，如何如何”，然后告诉她这句话，想知道她的感觉。她说，哎呀，要是有个人跟我说过这句话，这辈子我心里都会觉得甜丝丝的。

呵呵。听完这句话，其实我也甜丝丝的。

小百

小百:

爱情独享的排他属性，将一直存在下去，直到爱情消亡的那一天。而人类不灭绝的话，爱情就将一直存在。爱情作为人类特有的瘟疫，无药可治。

爱情的错误，很多源于我们对排他属性的误解。

在不平等的关系当中，我一定要独享你，你不能独享我，这是单方面的排他。这种关系曾是两性关系的主流，是男权社会皇冠上最艳的那颗明珠。现在无处不在的色情场所就是这种旧王朝的资本版，男性现在只能通过购买力享有更多异性的身体与尊敬，是何等惆怅啊。这样从风月场所回家的男子，若发现他并不是妻子唯一的男人，反而必然觉得受伤害——这样就完成了对旧秩序的完美模仿。

平等不是人人都爱的，享受着不平等好处的人，他就讨厌平等。

有意思的是，平等的爱情关系建立过程之中，初一看，爱情好像变得更加脆弱了，女性也有了犯错误的权利，她们甚至在模仿男性的错误模式，爱情中的错误一下增加了一倍——考虑到量的增加会引发更多的困扰，也许错误远远不止放大到两倍，十倍都可能。

爱的权利，和其他权利一样，在得到的同时，似乎总伴随着混乱与品质的稀释。可以随意说话时，诅咒与粗口总是最容易的意见武器；可以任意获取信息时，色情往往是最迫不及待的指向；在允许追逐财富之后，欺诈与背叛一下填满清贫时代的甜美假象。

正像春天到了，踏青去看花，头顶上会跟着一盘蚊子。愚蠢的家伙就会说，这是春天的错。

春天哪有什么错，给一切生机，那才叫春天。

春心哪有什么错，大家都有出轨权，那才可能产生正常的爱情。

人的权利、爱的权利，某种程度上说，就是有犯错误的权利。读者中有逻辑学老师，一定会指出，有犯错误的权利不是说要犯错误。在此谢谢老师。

爱中之痛，很多都是侵犯了独享权，这有一部分是对的，它在纠错，原本爱错了一个人，或者这个人变得不让自己爱了，甚至他转换成自己憎恨的类型，这时候他的独享权就丧失了，因为独享权必须附属于爱。

而如来信中所述，有些对独享权的侵犯则是由于可爱的人多于一个，这说明一点，我们爱一个人，并非他是人类中唯一的可爱者，而是我们爱这个人很多，爱他最多。可爱的人，在每天的生活中都可以遇见，在信息时代，你一天见到的美人数量，超过前人一辈子；而随着思想自由，形态多元，也使优美的人总量增加。那个我们爱的人，由于呆的时间久，只会习惯他的优点，却不容易忽视他的缺点，两种因素一累加，眼当然更容易花。有更多人可爱，也被更多人爱，这算是幸福的一种，不过它的意义所在，还是为了让我们找到那个最值得爱的人吧？多即是一。

祝开心。

连岳

# 强者的爱禅修

连岳：

你好。

自认为是铁板上铜豌豆样的人，三十年以来，大小变故，亲人离散，也没有叫过一声苦。真是苦不堪言的时候，把自己关起来看看小说，玩玩魔兽，写写博客，一两月后重新出关，很有升级后的感觉。这样的外强中干个性，可以想见，在男女相处这件事上，很难走到终成正果；又地处上海，客观事实是，每个漂亮姑娘都会出国，包括现在的女朋友。

初相识无论发生地点和时间，总是有那么一些浪漫的元素，至今也能让两人内心温暖。那是两年前的事，她还在念中学。当然知道女大总要十八变，所以当她在家里安排下准备出国念书的时候，虽然事实让人心堵，但依然从容地让她出国。甚至在信里电话里表达的也是一种无可奈何的伪崇高：你的生活充满变数，而我尊重这样的变数。

一年以来，每天至少两个电话，互相morning

call，还有为数众多芝麻绿豆小事大事的彼此沟通。这一切在某个程度上让我很享受——没有约会而省下来的大把时间，正好可以潜心于工作：行业是好的，薪水也还不错，如果按照八二理论，在行业里多年，总也该轮到个把项目让我小赚一笔（至少是个目标）。图景总是美好的，被我们所刻意忽略的是：当她突然在人生地疏的资本主义社会遭遇小动荡（比如车被偷）之类，缺乏一个现实的拥抱，而最多只有电话里的叮咛和问候。

这种叮咛和问候显然也会成为问题，作为三十男，过去的经验已经形成牢不可破的一套哲学，因此往往在她六神无主的时候，我的建议会让她感觉"理智而清楚"——我习惯于单刀直入地解决问题，而我想当然地认为她需要的正是这个。而当她因为参加复活节狂欢而晚归的时候，迟迟打不通电话的我终于对她爆发了，并且要求她给出"解决方案"，她在电话里告诉我，感觉到被逼迫的压力，这种压力终于爆发了，让她想要一些时间一些空间躲一躲。

其实一直在躲的也许是我。那种早晚问安在变成彼此习惯的时候，也在某种程度上加深了一种安全感，这种安全感又在某种程度上成为支持我的一种生活习惯。而当她——她的年纪，本来就应该和朋友一起开开心心地party，到深夜也无所谓的——让我的生活习惯被挑战时，三十男有感觉到最后一根稻草压下的威胁。双方爆发了有史以来第一次的对抗，偏偏发生在她即将暑假回国的这个节骨眼前。

现在的局势是冷战。我答应给她时间让她自己恢复，于是我们的联系减少到原来的二分之一，每天早上我会接到她的电话，而我也会每天在电话里把她叫醒，更类似于公事公办。

不知道以上的描述是否足以说清楚我们的感情所遭遇的问题。作为男人，只要在恋爱中，各种嫉妒、悔恨等等罪恶的情绪，我当然也都会有，也许正是因为潜意识里隐隐存在的这些，让我慢慢不知不觉里给她造成了压力；我希望信任她，但这种信任的基础因为我们的分开和时间的演化，又变得不那么牢固。异地恋的典型问题，在长达一年的潜伏期里，正慢慢被暴露，一个自诩铜豌豆样的男人，也不过是普通的男人，在这样的问题真正迎面而来的时候，每天甚至于如同刚初恋的小孩子：我该不该打给她电话？她还在生气？我怎么蠢起来了？我怎么不自信了？最大的恐惧，果然是恐惧本身，其无法脱局的困窘，堪比经济危机下的华尔街。

经济危机中的人，就算有一千种办法，但缺乏的已经是冷静的破局能力。是该每天温柔地问候，还是该给她时间让她想清楚，还是该索性快刀斩乱麻把两人的联系剁掉——每个选择都看上去有道理，但每个选择都面临最关键的问题，就是这段看上去类似色情大叔骗小萝莉的感情确实是存在的。如果不能两个人都好，那么至少也要让她开心（贪心点说，如果我能也开心当然更好）。

铜豌豆

铜豌豆:

原来有句话在爱情学里很流行：男人通过征服世界征服女人，而女人是通过征服男人征服世界。它不仅误解了社会分工，而且将爱情精英化、完美化了，能衬得上这句话的，只有拿破仑和他的情人。

其实据我观察，如果拿破仑身高一米八五，他用不着征服欧洲也能得到美人。男人迫不得已去征服世界，往往是为了弥补自己的不足。成为超级强者并非爱情的必需选项，当然，这意思并不是说一个男人只要长到一米八五，就可以形态猥琐、言语乏味；切记，体形大，心胸小，比例会相当丑陋。

超级强者自然能得到更多的仰慕及爱情，这在情理之中，不过这个超强者一陷入爱情，自然会被拖回普通人身份，回到谁也征服不了谁的正常状态。

弱者进入爱情往往会害怕自己的磁场不够强大，并不抗拒担心、嫉妒、悔恨、不安等情绪，弱者往往知道这点。一个人意识到自己的软弱，这是弱者的强处。

而强者进入爱情，由于信心过于强大，他并不认为应该出现担心、嫉妒、悔恨和不安，因为他习惯了予取予求。你就属于这群人。

谁不软弱呢，世上全是软弱的人。谁胆敢在爱情中不嫉妒呢，这样得罪爱神的事情，少有人敢做，毕竟它持弓箭，有暴力机器。

我很佩服你的生活态度：“真是苦不堪言的时候，把自己关起来看看小说，玩玩魔兽，写写博客，一两月后重新出关，很有升级后的感觉。”能把苦痛化成禅修，真是高手，也只有这样，才不至于被苦难欺凌。好比前人所说，禅修的莲花不会被淤泥欺凌。

强者进入爱情会忽视什么呢?

他们害怕示弱。我并不惧怕痛苦，为什么会怕失去这个美人?

示弱是强者最难接受的选项，征服是强者的首选。所以枪炮向玫瑰示弱时，权力向批评示弱时，强势向弱势示弱时，激情向程序示弱时，超人向凡人示弱时，才是人间最美的年华，这时候的强者才是真正的强者，即所谓的仁者无敌。

你现在要做的就是示弱。更确切地说，是接受自己会软弱，会在爱情当中嫉妒与悔恨，会像个标准的弱者一样担心她离开自己。

她是一个独立的个体，甚至隐隐地强大于你，“她的年纪，本来就应该和朋友一起开开心心地party，到深夜也无所谓的”，此时你出现的弱者心态，很新鲜吧？这意味着你需要再次闭关了。不过这次也许不需要把身体“关”起来，而是承认自己的怕，知道爱是妥协，你应该又会有升级的感觉。就算你和她以分手告终，升级后的血值也会留在你的体内，让你的下次爱情趋向于更好——若嫌不吉利，这句读后可忘。

既然知道了示弱与妥协的价值一点无损强者的尊严，那么接下来就好做了，主动结束冷战——这样她会开心的。

祝开心。

连岳

# 爱情中的两个S

连岳先生：

我是1983年出生的“猪”，性格憨厚，但在爱情的问题上，我自认为既有比较成熟的方面，也有像猪般傻乎乎的幼稚形态，今天不妨就先从我自认为成熟的方面说起。

我有一个男性朋友，大我三岁，认识五年，他品德高尚、睿智能干、前途无量，我将他定位为soul mate。我们soul到什么程度呢？他的工作地点几次变更，但都是好玩的地方，于是我去玩直接住他公寓。只穿着夏天睡衣的男女在公寓内一同生活几日，仍然可以泰然自若，平静得如两杯清水；我们也可以只在农家小院的藤椅上，同盖一条毯子，发发呆、看看街景、谈论哲学，没有任何可以被定义为亲昵的举动；虽然这容易让人怀疑是不是我的女性魅力不够，但鉴于我从来没有期待他对我产生欲望，所以我也根本不care。我们mate到什么程度呢？他总是能用只言片语解开我的心结，我也能轻而易举把这么一个成熟冷静的人激怒（不是吵架那种，他会用些行动强迫我接受他的观点，我认为这是他被激怒的表现）。有一次我在家给他打电话，我妈妈仅凭看我电话前后的神态，就说：女儿啊，看得出来他给了你力量。有时候我会想，他这么一个睿智的人，如果也写专栏，也许连岳先生会感觉到竞争的压力呢。

我曾经想，如果能嫁给他，以后生活永远都不会乏味的，我也有些期待。但他对我没感觉，我对他不来电，所以尽管我们谈论过要不要做男女朋友这个话题，但最终结论是不要。Soul mate 的存在，并不妨碍我恋爱。我从来没有拿恋爱对象跟他比过，在开始一段恋情后，会和他稍微疏远，电话少一点。他期间应该也有过对女孩动心，但并没有发展出恋情。我想，也许我们之中一方步入结婚殿堂，就会宣告我们 soul mate 关系的终结。我很好地拿捏了这一份异性间的友情关系；仍然清楚地知道自己爱的方向和需求；从不把攀比的心态带入爱情；并且坚守爱的独占性。

但我在恋爱的操作问题上，仍然有太多太多的问题。我常常想，凭什么让男人死心塌地地对我好呢？一个上海男人曾经评论我，给我外貌打75分，60—90是他认为可以娶的范围。由此看见，我并不属于漂亮的范畴。所有追求我的人中，没有一个是对我一见钟情的；而他们夸我的词汇也是千奇百怪。根据某网站最近在我的朋友圈中的调查，大家对我印象的词汇依出现频率排列为：聪明、可爱、女人、前卫、大气、活泼、风情、精明、野性。但我在恋爱中，其实还很温柔。只是，我仍然觉得自己缺乏魅力，即使在恋爱开始时爱得天天恨不得感谢上帝十遍，一年后也会变得平淡乏味，吃顿散伙饭从此天涯陌路。

我曾经最爱的一个男人对我绝尘而去，我对其他几段恋情绝尘而去，而对方也都没有要在我这棵树上吊死的意思。可是，实话实说，尽管每半年会谈一次短暂的恋爱，可自从2007年分手后，我再也没有过非常心动的感觉了。现在，我单身，我缺乏把一段爱情长久下去的信心，甚至我怀疑，我有没有魅力让别人爱我超过一年。我反问自己：我有何德何能，人家喜欢我什么呢？尽管我可以把自己的生活过得积极向上、趣味盎然，但我真不知道能不能把两个人的爱情经营得枝繁叶茂。突然想起您说的一句话：要学会爱第二个人。也许这也是我的问题。还有朋友曾经对我说不要太情绪化，其实我只是习惯把开心和悲伤都很快释放出来，然后继续我傻傻地乐观，我甚至不记仇，记不清为什么我会不开心。

我可以把异性的友情经营长久，却驾驭不了

一段爱情；我眼睁睁地看着优秀男人做了我的朋友，却找不到合适的恋人；我越来越怀疑自己适不适合享受爱情了，也许我只是适合群体的友谊。

Snow

Snow:

刚好看完一篇谈论美国数学教育的文章，里面提到把孩子赶离数学的重要原因就是只教他们公式，而不涉及数学之美，以至于多数学生学数学得到的主要收获就是觉得自己笨，然后憎恨数学——这可能也是我国数学教育的症结吧？作者认为，数学原理，在花瓣排列及雨滴节奏里都有，把这些指给孩子们看，他们就会知道数学存在于万物之中，也是自己生活的一部分，自然亲切。为了不让笔调过于文艺，也有个实在的例子，比如“97+26=？”，这对经过数学训练的人来说，一点也不困扰，拆成97+（3+23），答案马上就跳出来了：123。也就是说，数学能让思维更加敏捷，包括用来思维友情与爱情。

俞伯牙与钟子期，这对高山流水的知音，是中国的友情范本。另一对友情比较有争议，董卓死后，人人拍手称快，据说肥胖的身体被围观群众放烛芯在肚脐眼里点燃——我很怀疑这种说法，我不怀疑暴力失序，我怀疑可燃性不够——只有艺术家蔡邕跑去伏尸痛哭（这个不识趣的人，是才女兼美女蔡文姬的父亲）。面对别人指责，他说，董卓对我不错，这就足够了。所谓朋友，就是看朋友向我展示的那一面。俞伯牙只在乎钟子期的音乐鉴赏水准，至于他是不是个好樵夫，就不关心了。蔡邕认了董卓敬重自己的那一面，至于他的残暴，自有他人去审判。这两段友情的内核是一样的——朋友，就是我的价值发现者。我们很少由于朋友不帅、或不能满足自己的性欲而断绝朋友关系——他不承担这方面的义务。

回到你的问题，他没有冲动的义务，与你同盖一条毯子看街景、谈哲学，就做到了一个朋友应该做的事，问心无愧呐。把朋友有无性冲动当成自己的魅力指数，这种想法好像在女性当中挺流行的，也不知是谁胡扯出来误人子弟——应该说是误人女妹——男性性冲动物理上比较直观，可也得建立在心理基础上，就算和漂亮的异性朋友在一起，据我了解，男性也未必冲动——我不是说你75分不漂亮——不能任由谣言继续传播了。

爱情皮相万千，基本原理也就一条，是soul mate加sex mate，两个S缺一不可，可能有从soul mate丰富成sex mate的，也有从sex mate逆流来到soul mate的。Soul mate和sex mate，拆分了我想都不难找，可是两个S兼具，难度很大。相爱的两个人，不要长成75这样的高分，57分，不及格，也能两个S。

对于你来说，最大的危险可能是自认为soul mate在手，寻找爱情时就只顾sex mate了，反正有人外包soul mate。肉体和灵魂，都要在一个人身上找到，那个人，就是我们爱的人。

祝开心。

连岳

2009年5月26日

# 谁也不要搞定谁，谁也无法搞定谁

可爱的连岳老师：

我一直觉得神奇的就是我父母的相处之道。他们结婚二十多年来，遇到什么事情都是以吵架的方式来解决，且不管什么环境都可以忘我地争吵，不在乎旁边人的一脸囧相。今年过年时，我同学来找我玩，他俩因为股票的事情一直不停地在外面房间相互贬低、谩骂，声音之大令人发指，同学尴尬得屡屡想走都被我自私地拉住，我觉得有人陪着我我会好过点。中学时常常走进小区就能听见2栋3楼的我家厨房里传来争吵的声音，原因可以小到因为我妈今天的菜买得有些老而已。我曾经很崩溃地跟最亲的小姨说，与其这样天天吵架折寿，干脆离婚，三个人都舒服，小姨说你不要乱说，他们吵架都是为了你。连岳，世界上怎么可以有这样自私的父母，他们要真的为了我好，就该早早离婚让世界消停。

其实我最不满的是父亲的性格，不冷静不理性，一点小事可以闹得天翻地覆却不愿意找解决的方法。举几个例子：

1. 小学时我边翻厚厚的大词典边玩胶水，不小心把一瓶胶水挤到词典上，我爸打得我死去活来，还是我妈说你再打她词典就完全粘起来没得救了，这样他才放下我气呼呼地去拿水洗词典去了。

2. 前段时间我爸收到了那条“爸爸我的银行卡丢了，手机欠费了，过不下去了，请速汇500元到我同学的账号上”的短信，他就逼着我妈立刻给这个账号汇钱。

我妈在他的骂骂咧咧中拨通了我的电话证实这是一个骗局。

能引起他激动暴躁的小事情每天都会发生很多，他会把自己感受到的压力更多地覆盖到我们家的每个人身上，于是，弱小的我在每次重大升学时刻都会被暴打，屡次被碎碎念得接近精神崩溃的边缘。可是，他是爱我的，这点我深知。

大学后认识了现在的男朋友M。我俩是工作上的拍档，因为都是活泼的性格而成为朋友，因为工作的关系时常在一起相互了解而成为恋人。M从相貌到性格都很好，我那自负乖戾固执的父亲相较之下就是个反面教材。我们有各自的生活圈子，是两个有交集的圈子。他除了英语几乎事事优秀，讨人喜欢。我们有分歧了向来是协商解决，两年多来从没有过争吵，我们一致认为吵架是不能解决问题还伤感情的愚蠢的方法。当然理性地说对彼此也不是完全满意，但就像他纠正我的暴脾气，我帮他学会体贴人一样，一切都会越来越好的，我们有信心并一直努力着。

现在比我高一级的M就要去经历一年的实习了，等他实习归来我也离开这个学校去实习了，好不容易有了安全感的我真的再也不想离开M这个像爸爸一样的男人。但是M的父母好像很不喜欢我，因为我们俩的家乡是天南地北，因为我身高160而M身高180他妈嫌我矮，因为我在曾经的会面中给他爸妈留下了娇生惯养不事生产的不好印象。对于最后一点，我真是冤，我只是将家里爹妈包办一切的情况实话实说而已，要是放在现在我才不会和盘托出。那时太不懂事，连跟长辈一起吃饭要敬长辈酒都不知道，现在想起来真想坐时光机回去打自己一顿。

所以，说到这里，连岳您大概也知道了，我想搞定的是M的父母，我家那俩加起来快110岁的老人家我是没能力改变了，他们大概再也不会变了。丑媳妇见公婆应该怎样为人做事比较妥帖呢？我现在还有戏不？应该做些什么才能更有戏？以上问我父母绝对就黄定了。所以麻烦您了。

May

May:

鲁迅说中国只有嫖父，现在看起来，他造的这个名词还是有效的，许多父亲表面上看起来是父亲，其实只是长住在家里的嫖客。他除了贡献出一枚精子，基本上不起其他作用，或者起反作用，比如把孩子往死里揍一顿，以示是严父。

手头也没有统计数字支撑，不过仍可放心地说，在孩子的成长过程中，中国的母亲除了提供卵子以外，承担了孩子成长过程中更多的体力活。相对比来看，她们比父亲显得重要一些。

父亲与母亲，完成繁殖功能，父与母一下，自然不难，动物本能，只要是动物都会。可是“亲”就是一门学问，需要人不停地学习，不说别的，比如孩子从小到大需要身体接触，他的皮肤会渴，父母经常性地搂搂他们、抱抱他们，这既是亲情也是义务，同时对父母的身体也是正反馈，那时心里会软一下，如果是父亲，那种软就像啤酒细腻雪白的泡沫漫过杯口，而母亲，那种软就像巧克力在嘴里化开缓慢地占领每一粒味蕾城堡。情人间的拥抱也具有相同疗效。心若长期坚硬，就会一直坚硬，变成石头，挂在胸腔中，又重又累。这样简单可行的事情，你仔细观察，有几个父母这么做呢？

我很怀疑，有些父母爱揍孩子，那是因为他们渴望身体接触，可是却没学会柔软的办法，只有借助孩子犯错误来达成目的——这又扯到另一个常识，孩子的标准定义是：一种在错误中成长的动物。只有犯了足够多可笑的错误，他才不再是孩子。而中国标准是孩子一生下来就得是圣人，他不可以犯任何错误。所以我们小时候没犯够的错误到了成人以后，会一一补上，包括以忘我的吵架完成交流（这其实是孩子的撒娇法）。在这里，人人都是本杰明·巴顿，时光倒流，我们感觉不到，是因为我们的出生与死亡一样苍老，我们的起点与终点一样空无一物。

我同意你的一半观点，父母是搞不定的，他们将按自己的轨迹滑行，我对这些老人的同情越来越多，他们不过身陷简陋的监狱——简陋到可以自行打开牢门走出，可是这些简陋的囚徒崇敬那份判决书，根本不想试试能不能走出去。

我不同意你“搞定”男友父母的想法。这里有个简单推理，自己的父母都搞不定，怎么可能搞定别人的父母？还有另外一个更可怕的事情是，当我们的力量一旦超过父母时，两代的关系就像沙漏一样简单逆转，运行方式完全相同，原来父母搞定我们，现在我们搞定他们。我们乏味地定型成他们了。

谁也不要搞定谁，谁也无法搞定谁。这样才能产生新人。让老人慢慢老去，以他们习惯的生存方式消失，哪怕这种方式是争吵与狭隘，我们自己变成新人就行了。我想与老人的关系并不复杂，该学习的礼貌尽快补上，他们嫌你个矮，你就无法努力长高了——这就是原则，接受他们合理的要求，忽视其无理要求，然后爱他们的儿子，并让他们的儿子爱你。

祝开心。

连岳

# 如果爱成为商品，就在商言商

连岳：

从13岁那年发现自己是gay开始，就一直将自己的情感处于禁闭的状态，一直到进入大学。

林是去年进到公司的新员工，半年之后被分到了公司在二级市场的办事处，开始独立的业务操作。晚上的时候，他就经常给我打电话，说很想我，问我想不想他。还不断发信息给我，称呼总是亲爱的，很多短信都非常地暧昧。这使我本来平静了四年的情感终于被波动了，我隐约感觉到这个男孩子可能和我是同类，并且是在表示对我的好感，于是开始回应他。

每次回来开会，他都会住在我家，基本上到了我家里，我都会把他的生活安排好，帮他洗衣服，做饭给他吃，或者是带他出去吃饭，晚上睡觉的时候，我会抱着他睡觉，他没有拒绝，也没有更进一步的回应。我一直不敢确定他是不是真的是gay，两个人就这样一直保持暧昧关系，但谁都没有把话说破。

一天晚上，在MSN上，我向他坦白了我的性取向和对他的爱，想知道他的想法。他开始一直回避这个问题，说他早就猜出来我是gay了，但是这并不影响我们之间的友谊。我对这样的回答表示不满意，进一步追问他到底是不是喜欢我，他很长时间不作回答，后来在我向他作出明确的表示说无论他给我什么结果我都能接受的前提下，他才明确告诉我说，他喜欢的是女孩子，对男人一点兴趣都没有。这个结果无疑让我感觉很失望，他明明不是gay，而且居然明知道我是gay，还和我保持这么长久的暧昧关系，回头来却告诉我说他喜欢的是女人！

本来事情发展到这一步，我就应该彻底死心了，把这段感情退回到好朋友的位置。但是我发现我怎么也接受不了这个事实，接下来的时间里面，我们的关系继续暧昧，他每次回来开月例会，还是会约我一起出去玩，让我给他买东西，陪他逛街，我欲罢不能！现在他穿的用的，几乎都是我买给他的。

于是有一天我删掉了他所有的QQ、MSN，他打电话发短信给我我也不接。到第三天的时候，我终于还是忍不住，回了他的信息，我发现我根本无法和他断掉联系，有一次回来开会，我们纠缠在一起，睡在一起的时候，我想要把自己给他，但是被他拒绝……

最恐怖的事情，是发生在后面，因为和林的这件事情，我非常痛苦，公司有几个部门的主管是我的好姐妹，她们也知道我的性取向的问题，我把和林的事情讲给她们听了，她们居然同时告诉我，她们都曾经收到过林类似的短信和电话，有两个姐妹居然也曾经和他保持过了一段时间的暧昧关系。而且这些关系几乎都在同时发生，而他对所有这些女孩子的“示爱”方式几乎都千篇一律：“亲爱的，好想你啊！”“美女，晚上一起出去玩吧？”他对所有的女孩子言语都很暧昧，但是从来都不主动表示喜欢或者不喜欢。面对一个温柔帅气的大男孩，大概没有几个女孩子可以经得住这样的诱惑吧，但是我的姐妹们都比我深谙人性，在经历过一段时间的类似的诱惑之后，发现他所有的暧昧，只是为了得到她们手上的相关利益。最后我这几个死党姐妹们得出了一个共同的结论：他和所有的人保持暧昧，只是为了利用她们的位置在这个公司站得更稳，获取更多的利益。他和公司的任何人，没有真正意义上的情感。

我一直喜欢的单纯的男孩子，居然隐藏着一颗这样复杂的内心。

痛苦的咖啡

痛苦的咖啡：

咖啡不止一种口味，而且咖啡没有一种标准的口味，只要喝起来像咖啡，就行了，是吧？

有的咖啡馆，你点的任何一种咖啡，从蓝山到意大利浓缩，喝起来全是同样一种糟糕的味道——糟到你不得不说它是咖啡，而又不能带来咖啡应有的快感。

在这样的咖啡馆前面，我们看到一些咖啡热爱者，坐在地上大哭大闹，举着抗议牌，上面写着："伤透了心！"——如果有咖啡之神（她应该是一个皮肤又黑又亮的美人），可能不会喜爱这样的追随者。幸好，世上并无这样的人，大家只会寻找到一间最地道的咖啡馆，然后在里面消磨时间。

总有些不地道的人。

爱情也是如此吧？这个世界上，有人可以不喝咖啡，不喝茶，甚至不喝酒，然而，他不能不喝一点爱情。爱的受众这么多，需求这么旺盛，其中出许多不地道的人，是必然的。

什么是好咖啡？就是喝起来不像坏咖啡。

什么是爱情？就是你能判断出什么不是爱情。

我们的成长，就是鉴别谎言的能力增强了，你好像有了第六感，他人的一丝表情，一个眼神，一句话，你多半能断定是不是同类。

只有被骗过了，才有这种第六感，被骗得少了，还不敏感呢。

空气、水、粮食及谎言，是我们的养料。

别人一说革命，你就赤膊上阵；别人一提平等，你就捐献家产；别人一喊自由，你就认定她是自由女神；别人一暗示爱，你就以身相许——这么单纯的轻信，都是因为被骗得不够。

到够了那天，你会发现，有人说革命，是拿你当肉盾；有人提平等，是要独享特权；有人喊自由，是因为真以为自由只是塑像；有人暗示爱，不过是为了要你的财物——正如你碰上的这位。

被骗当然不舒服，但是只损失些钱财，这又算收益不小了。不是gay，却要被你抱着睡，这算是兼职的性工作者。你花的那点钱，就当成小费吧。

花开两朵，各表一枝。他骗你不对，他应该承认：我只是出卖色相。但是他承认自己的性取向之后，你还苦苦不放，乃至继续睡在一起，要把自己献给他，这就不是骗了，而是双方就买卖合同存在的分歧：他认为和你睡睡就应当得到报酬，而你认为付出的价钱还包括性行为。这宗商业纠纷，我认为，你似乎更没道理。

出售爱，与爱情的纯洁属性（假如有这种属性）格格不入，但有人要做这种生意，也是自由选择吧，只要买的人同意就行了。

你其实已经明确自己是买“爱”，生意不成，最终没有发生性关系，你就谴责卖家不认真对待爱情。这就不是生意人说的话了，你正确的选择是，问他：我出多少钱（也可以委婉地说成“你还要多少穿的用的？”），你才能让我上？——这样一定很容易满足自己的欲望。

在商言商。与爱无关。所以判别谎言，最难的真的是我们自己骗自己的那种。

祝开心。

连岳

# 孩子必须在父母身边长大

连岳：

今天是儿童节。先祝你能拾取童心，也节日快乐！

你说过，爱这个主题是让你愿意继续写下去的原因。我认同。爱，就是要先爱自己。我们都是平凡渺小的人，其实需要作很多努力让自己真心地爱自己，认可自己。而真的做到爱自己了，才能去寻找其他的爱。我并不是自私的人。只是相信“达则兼济天下，穷则独善其身”的道理。

我是结婚数年的“80后”，孩子快两岁了。从恋爱到结婚生子，都是基于自己的理性选择，所以基本上没有后悔过结婚。感受到了他给我的爱和温暖，即使这些在婚前婚后的表现形式不同。并且1+1>2。婚姻大部分不如意的来源，也基本避免了，因为我们的努力。孩子很可爱，我在心里叫他是我的天使。

这里有必要插播一下，我的兄长，第一次婚姻育有一子后离婚，然后再婚并再次生育。人生艰难，哥的生活我没能力关心太多，所以惑来自于自己——公公上半年查出癌症晚期。于是一直帮我们照顾孩子的婆婆回到公公身边照顾他。照顾孩子的人，最后由我的母亲、孩子的外婆补了缺。外婆快七十了，去年做过手术，身体不好兼眼花耳背，她帮我们照顾孩子说实话我自己都不放心。她来上海帮我们照顾了一个多月，现在我公公的病持续恶化，老公希望能把孩子送回爷爷身边，因为老人想孩子，并且可能也真的时日无多。我的决定是同意，送孩子回去陪伴老人一段时间。插播完毕。

我们当初是计划内怀孕，从孕前心态调整、孕期营养、情绪调适，包括生产、喂养、寻找和孩子的相处沟通方式……认为做到了自己能力所及的最好。其中的选择和艰辛无需赘述，因为首先这些付出我认为是理所当然的，创造一个孩子出来，并培养他离开父母的能力是一项伟大的事业，我很重视，一点不敢马虎。我知道连岳你是认同的，因为你也说过，把他生出来，他在这世界上一活就是好几十年，哪能随随便便。可是，上海异乡人的无奈，目前为止还是让我们备受折磨。公公生病前婆婆没办法长期留在上海帮我们照顾孩子，因为她一个人太孤独，生活也不习惯；另外太辛苦并且惦记老家的公公。我父母都七十岁的人了确实是有难处。于是我们的孩子，短短两年不到已经从上海到老家来回折腾了几次了。基本上是这边三个月那边三个月。我觉得我能承受对孩子的思念，因为我一直认同于丹说过的一句话，她说："世界上只有一种爱不是以聚合为目的而是以分离为目的的，那就是父母对子女的爱。"我和老公一直努力避免做把孩子"小时候当宠物，长大了逼成废物"的父母。说这么多，只是想表达，我们对生育这件事情的态度，还算严肃认真。

我不怕思念，取代的是担心。这种担心在孩子每次被老人带回老家后间歇性发作——"三岁看大，七岁看老"这句话可取的地方就是，小孩在三四岁前是关键的性格形成阶段。他不在我身边，跳出了我的视线，我不知道他会遇到什么样的环境和影响。我的孩子比较敏感，上次离开我回去还生病了，他很小不会说话，但是也明显感受得到他身上的变化；其实我是想说，我还是自认为妈妈对他很重要，因为能给他必要的安全感。我不希望这种缺失，会成为让他有性格缺陷的潜在因子。虽然我老公一直对此不以为然，当我是自作多情。

刚才提到我哥，是因为我从他身上吃到只管生不管教的教训。今天还因为这个和老公吵了一架。他拿一堆套上现实无奈冷暖自知外套的话反驳我的观点：我认为不做好生育的准备就不要生，要对那个生命负责。他却认为我太教条，现实没我想得那么容易黑白切换好控制。彼时彼刻，我觉得他很蠢。

虽然知道你是坚定的丁克（不知现在还是否），还是想问问你，站在我和我老公哪一边？因为所有事情都如鲑鱼。

这也算是今天要问连岳的导火索吧。

白色恋人

白色恋人：

既然在儿童节收到这封邮件，那就让我们来谈孩子问题吧。

作为坚定的丁克，本来似乎并无太多资格对生儿育女发表意见。随着年龄的增长，看到不负责任的父母数量增多（我原本可能是他们其中的一位），越来越觉得自己的丁克决定是此生最为正确的选择之一——请喜欢孩子的人原谅我这句话，它并不会对人类的繁衍产生任何一点负面影响，生物体的自我复制冲动永远会占据统治地位，人其实更像是智能复印机，这世界什么都可能稀缺，唯一不会缺的就是婴儿——至少在中国是如此——换言之，丁克是反常行为，生殖才是正常。

幸运的是，因缘巧合，我陪同了一个孩子成长，从她幼儿园到高中；观察到一个人理性、智慧与勇气的成长过程，很漫长也很短暂，孩子在其中偶然探出的触须，可能将成长为幽默感、乐观、对新知的热爱……稍纵即逝，这种等候与发现，可能正是父母的快感与责任吧？遗憾的是，许多父母认为孩子反正会长大——跟溺爱的祖父辈在一起，说不定还能长得肥点，看起来更有成就感。

如果抚养能力不足，孩子一定得送给祖父辈代为看管，那也没有办法。原本我认为若无能力就别养了，现在看来，它不太合国情，也许中国的孩子命运，就注定要远离父母，接受祖父母或保姆的价值观洗礼。我有个朋友，有天发现孩子喝完一听可乐后，动作熟练地将铝质空罐扔在地上踩扁，然后收集到阳台某个隐秘的角落——原来这是奶奶的习惯——他们当然不认同这种过于环保回收的生活方式，一是觉得不划算，踩罐子时划伤木地板可能损失更大；二是孩子过于贪小利，可能不利于心胸的扩展——这点我很赞同。

中国的孩子往往由父母提供硬件，软件则交由他人。似乎有科学家说，当精子与卵子接触的时候，这个将来的生命体，他的多数程序已经设定了，几岁开始脱发、几岁开始出现某类遗传病症等，个人的命运在上亿个精子的赛跑接线那一瞬间，已经结束了。从这个观点来看，父母的作用不大，好像不必太内疚。

当然，我认为这个科学结论的前提是默认孩子必须与父母一起生长。在某一个阶段，孩子只依赖父母，有些温度与安全感，是父母才有的天然属性。我小时候，也被父母送去让外公外婆照顾，交通不便，寒暑假才能回家见父母妹妹。按那时的建筑习惯，整个大院共用一座公厕，我每天早上总是抢到同一个蹲位放松，然后在墙上一排“正”字上加一划，一边抽烟一边等位的大人肯定觉得这个统计大便次数的孩子很奇怪，他们不知道，我这是在计算回到父母身边需要的天数。我觉得，一生的寂寞与孤单，都在那座红砖公共厕所里画完了。多年以后,一个少年回到父母身边,习惯自己做决定,与父母保持距离，他们觉得很陌生，哪里知道，这正是逻辑的必然。

孩子必须在父母身边长大，想不到，这条常识，“80后”的新一代父母仍然尚存疑问，想到那个孩子的寂寞，忽然觉得他们像我的弟弟妹妹。我们真爱时间停滞的感觉啊。

祝开心。

连岳

2009年6月9日

# 为什么我的眼又红了

连岳：

见信好，Z是我的一个同龄亲戚，从小养尊处优，她那视虚荣为骄傲的父母志向是将她培养成一名人见人爱花见花开的舞蹈艺术家。确实，她身材高挑、长相清丽，气质也还算脱俗，可是成绩烂得掉渣，班上一直垫底。与之相比从小乖巧朴素并且成绩优异的我，居然一直不觉得掉价，反而颇有优越感。小时候，也经常用艳羡的目光偷望她，看她得体有品的衣着，看她美丽修长的身影。

多年来一直各忙各的，我先结婚了，嫁了个相爱的但勉强付了房子首付并继续按揭的同龄男孩，母亲一直反对，对方家庭条件并不优裕，换句话说，为人过于老实本分，对他人来说毫无惊喜可言更无谈资可诉。而Z现在嫁了个快六十岁的，听说是某个知名导演（艺校出身的她身边多的是以傍大款为人生目标的人），可能身家根本不屑以千万计数。最恶心的就是她父母，脸上乐开了花，所谓一人得道鸡犬升天，女婿送房送车送出国，高调示爱，她父母逢人便说，自己的女儿嫁得有多好，堪比秀女入宫封了妃，无尚光荣。

这些在我母亲听了当然心里很是不爽，便每每在我耳畔尽数传达，说他们现在生活有多么奢侈，心情有多么翱翔。言下之意明晃晃的，傻子都明白。我无辜的心里真的受到很大的创伤，平静甜蜜的生活一再受到骚扰：母亲，你就这么羡慕么？你就愿意为了享受这些甘愿让女儿去嫁给年过半百的老头？心想，母亲你一点都不疼女儿。我还是愿意相信，多数母亲不会有羡慕之情。

我今天想跟你讨论的是深奥的“忘年恋”问题。“一树梨花压海棠”，让人想起这句诗，如果换成是我，一个老头，虽然脸面上保养得道，头发染得依然乌黑瓦亮，做我的老公，没有年轻光滑的身体，上床的时候月光下看到恐怕会吓得哭起来吧！真的很佩服Z，居然能这么洒脱，一个都没怎么谈恋爱正值青春的女孩，竟愿意嫁给一个比自己父亲还年迈的大叔！虽说是很有钱，但她自己家也不至于穷到要卖女儿的地步吧！锦衣玉食的生活谁不想过，关键是看拿什么去换啊，拿自己的肉体？还是珍贵的爱情？

我现在很疑惑：到底这些女孩是什么想法呢？究竟是真爱还是为了爱情以外的东西？当然，我们不可能清楚她们的底牌是什么，但是我真的很纠结，现在的社会怎么了（很多男人，不管是有钱没钱的，看了这些Love Story的好榜样，都蠢蠢欲动，发誓将来年纪大了一定要去寻找人生的第二春，这样人生才是完整的）？怎么会有女孩子为了钱和名利（当然，这些都是好东西）争先恐后地跟老爷爷在一起？——问题是，在一起聊天事小，老爷爷也要享受做丈夫的福利的，那这事怎么解决？让人震惊的是，Z居然还未婚先孕了，还生了个孩子，据后来好事者说，她原先是有个BF的，就因为那个BF家境平平，被她的母亲游说了一下她就一狠心甩了他（可怜的男人，狠心的女人），跟了导演爷爷。现在工作也辞了，专心当起了少奶奶。她妈还说她们一直就是要过贵族的生活，要享受高品位的生活怎样怎样。我想，如果这就是糜烂的贵族生活，那贵族有多可怜，每天要伺候老爷爷的皱巴巴一动就会晃荡的皮肉，要照顾老爷爷的欲望，让他搂搂抱抱或者摸摸亲亲……换个角度，老爷爷这样下去也不是很棒的养生之道呢，说不定哪天晚上猝死了，在半空中游荡的时候，猛然发现那个年轻貌美的亲爱的小哈尼（其实每天诅咒了他一百遍不止）和一位一样年轻俊美的小帅哥在一起点数他辛苦一生攒下的钞票，点数的时候还不忘再诅咒老头几下，居然行动那么迟缓，占用了他们那么多宝贵的时光，霎那间，老泪纵横、死不瞑目……

惶惶忍者

惶惶忍者：

哈哈哈哈哈……

可以想象得出，读者们读完你的来信后，发出的笑声。好吧，读者的反应我猜得不一定准，至少，我被你弄笑了。近来让人悲伤的新闻那么多，坐公交车都得自带锤子或灭火器，来了这样一封邮件，真是觉得，人间还是有喜剧因素的。

想起一句话：有的人早就死了，只不过葬礼是在几十年后举行就是了。

聪明的、喜爱思考人生的你，请你猜猜看，我说的是谁：1. 你的亲戚Z；2. 你。

猜不出没关系，在文章最后会揭晓答案，答对的人有机会得到千万资金。

一个男人，到了快六十岁，有名有钱，如果单身的话，他们往往都会找年轻漂亮的姑娘，而不找年龄相当的老太婆——舆论往往会谴责这样的老男人，但是可恶，他们竟然不怕。更可恶的是，他们竟然真的找得到年轻漂亮的姑娘。

一般的姑娘，只有学习好，他们还看不上呢。

让我告诉你男人狗改不了吃屎的一个潜意识，他们拼命努力，当名人、赚大钱，就是为了让年轻漂亮的姑娘想嫁给他。这样的老男人，一嫁给他，就凭空占有他数十年的积累：名声、财富、智慧——如果你愿意承认的话，你这么客观公正，我想是一定会承认的——名声与财富，没有一点智商，还真不容易得到。

当爱上另一个人之时，我们是不在乎他“皱巴巴一动就会晃荡的皮肉”，也一定会照顾他的欲望，更愿意让他搂搂抱抱或者摸摸亲亲，可能因为他的身体不是那么美，才更能证明是爱呢。当然，我的观点不证明你说的爱上钱的猜想就错了。我的意思是说，同一件事可以得出不同的判断，当嫉妒烈焰烧红了眼之时，别人的一切都是邪恶的、不入流的、肮脏的、无耻的。

你婚姻形态与她不同，各人有不同的爱情观，既然对自己的爱情观与选择有那么强烈的自信，那么，就和你“相爱的但勉强付了房子首付并继续按揭的同龄男孩”好好过日子，别人没来干涉你的生活，我不知你的仇恨从何而来，你又不是一个嫉妒的人，是吧？除非这个老人家来抢你的情郎。这个老人家来抢你，你都不必生气，因为你多半会从了他，然后觉得那“皱巴巴一动就会晃荡的皮肉”充满了美感。

至于你说的“老爷爷”死了以后，“年轻貌美的亲爱的小哈尼和一位一样年轻俊美的小帅哥在一起点数他辛苦一生攒下的钞票”——亲爱的，请你承认，这不正是最吸引你的、又让你抓狂的好处吗？

看来你是相信诅咒的，那你就每天诅咒吧。这样可能会让你好受一点。

对了，上文的标准答案是：你。

哈哈哈哈哈……最让我开心的事情，莫过于看那些狭隘无聊的人被人气得死去活来，请你猜猜看，我这次说的又是谁呢？

祝开心。

连岳

2009年6月16日

# 爱这一课，没上过就得补

连岳：

我是很想在适婚年龄结婚的女人，26岁，不小了，身边的朋友一个个嫁人，家里又催得很紧，自己也觉得需要一个宽厚的肩膀。所以，当看到各方面条件都很适合的他时，好感是有的，我承认，但那不是喜欢，只是觉得适合。

后来在频繁的联系和接触中，慢慢熟悉、了解，然后由好感变为喜欢，越来越浓。

大概在三个星期的交往后，我们有了第一次的亲吻。我记得很清楚，在徐家汇公园里，他突如其来的吻，我没有防备，都忘记闭眼。不过凑近看到他的脸，当时脑子里的第一个念头，不是甜蜜，而是……有些恶心，是的，有些恶心。

忘记说了，那是我的初吻。26岁的女人的初吻，是有点迟了，我知道。之前也不是没有男人追过，或者企图吻过，只是我拒绝了，我不想把初吻，交给自己不爱的男人。

他是在感情方面很不稳定的人，对我的感觉，时有时无，飘忽不定。他说，算了，放弃吧。

我很伤心，被动地接受这个结果，我想，也许终不是对的人。算了。

后来我的想念越来越重，终于忍不住发短信给他，邀约吃饭，说好就是朋友一般的聊天问候。我以为他不会答应的，可他来了。

饭后，又在那个公园里，他坦承了他过去的感情经历。30岁的男人，一张白纸，除了一次表白被拒，一次三个月不到的相亲恋情之外，他说，没有爱过。他说，他也感到寂寞，希望有一个温暖的家庭，但总是找不到很喜欢一个人的感觉，同学都说他是爱无能。

那个夜晚，他哭了。我第一次见到自己喜欢的男人，在我面前哭。哭得像个孩子，我更心疼了。我对自己说，放手去爱他一次吧，哪怕受伤。

差不多又是两个星期，有次聊到百盛的周年庆，我们就相约一起去逛街买东西。见面的初期，仍然有些陌生，保持安全的距离。逛了一个下午，偶然聊到手掌的大小，我伸出手和他的手掌比划了一下，然后意识到，我们现在还只是朋友，所以我又很快放掉。没想到，他却突然来牵手，我们对视了一下，默不作声。

晚饭后不忍立即到来的别离，在虹桥公园里，深情拥吻，然后心满意足地告别。那一天，下着大雨，我不会忘记。

随后，事情就发展得比想象中快很多。女人也是有欲望的，尤其是当她所爱的男人不停地挑逗和要求，她也会放弃理智。我就是。

我们有了很多次的亲密接触，像夫妻一般的生活。柴米油盐，坐在他自行车的后座，我快乐得像个孩子，甚至会莫名其妙地傻笑。这，就是爱他吧。

虽然尝试过很多次，但因为彼此都是第一次，动作生疏，没有经验。他老是找不准位置，我又怕痛，都没有成功。每次失败的尝试后，我都会觉得不安，怕他没有满足，他却总是反过来宽慰我，说没关系，慢慢来。

终于有一次，我们成功了。虽然很痛，没有一点点的快感，但那种心满意足，我想我永生难忘。

突然他就开始像变了一个人。他说很烦躁，整晚整晚睡不着，说自己犯错误了，说觉得他还是不足够喜欢我，没有要娶我的念头。说之前也许是因为自己很脆弱，而我又一直在他身边，他一时冲动，做错事了。

我自然不能接受这样的结果，发疯似的要他给我一个说法。那一次，是我们交往以来，吵得最凶的一次。一开始，他还拼命容忍，我提出的种种过分要求，他都一一答应。几个小时之后，我们都感到疲累，他也开始无法再容忍。我们说出了很多很多伤害感情的话，在回家的路上，我一下子感觉到，这个裂痕，无法再弥补了。

我知道我们，不可能再在一起了。

别说他是玩玩的，别说他是骗女人上床的坏男人，我知道，他不是。这一点，我可以肯定。他不是骗，他是冲动而已。

问题是，我现在发现自己完全走不出来了。我穿上那些衣服时，就会想起他脱掉它们时的瞬间；我洗澡时，总是会闻到他身上的味道；甚至于我晚上做梦时，会梦到他吻我、爱抚我。之前的我，从来不会梦到与性有关的事情。但现在，整晚整晚，都睡不着。一睡下，就会做跟他有关的很多梦。

野草

野草:

厦门大学（非新区）在我看来，是全中国最漂亮的大学（虽然我没跑遍全中国的大学，倒是可以大胆下此断论），它的后门有个白城沙滩，穿着泳衣直接从宿舍走到海里即可；它又背靠云顶山，有水库，有山谷——当然，其中最著名的已被命名为“情人谷”。

许多人调侃厦大学生，就说他们四年什么也没学会，除了游泳与恋爱。甚至有些变态的家伙得出这样的结论：大学就是应该丑一点，学生的心思才会花在学习上。这样的观点竟然也有人信，由此可见教育界中的糊涂虫不少。这就像对女性说，还是丑一点吧，被非礼的可能性会降低。谁会听这种昏话?

我的态度是，四年时间，学会了游泳与恋爱，这是个了不起的成就。如果能力不足，只能二选一，舍游泳而取恋爱。我来当教育部长，则会规定无论大学美丑，四年时间都应该学会恋爱，没牵过手、亲过嘴的，一律不准毕业——本来我还想加一条，处男与处女也不准毕业，但是改革不宜过急，就算了吧。

人生诸事有轻重缓急。爱是青年的第一必修课。读书则是一辈子的事，不急在一时。四年大学，不睡觉也读不了几本书，关键是离开大学后要保留求知的习惯，慢慢积累，到了中老年时，功力大增，一目十行而要义不漏。离开大学后不更新知识，再过四年就是白痴了。

当然也可以硬说爱是一辈子的事情，歌德七十岁照样给小姑娘写情诗，小姑娘还很激动。不过歌德只有一个，或者说，老了还能爱，那是少数老年人的特权——要么有名，要么有利，或二者得兼——我们一定要意识到这点，少数老年人的爱，那是对他们一生的奖赏。

而青年人就不同了，人人都有爱的权利，还有漫长的一生等着去征服，可能有无限的荣耀等着我——至少爱你的人相信这点，至少让人相信了这点就有人爱你——第一次牵手、第一次亲吻、第一次做爱、第一次伤心、第一次分手（可能少数人不必经历这个），这些让身体与心灵重生的成年礼若没有举行，我们就仍是含着妈妈奶头的孩子——仪式之后，依然会含含奶头，不过已不是妈妈的，意义完全不同。

年轻人胆敢不爱，那就得一一补考。就像26岁的你和30岁的男友，你们的故事与事故，换一对18岁的情侣来叙述，一样贴切，或者说，更贴切。分不清是恶心还是甜蜜，对第一次赋予过多的意义，对未来过多的希望而引发的恐惧，这一切，不过都是初恋症状，你能做的，也就是放松心情，好好恋爱，喜欢他，就主动一点追他，做某事有某种好的感觉，就做两次、三次，了解了恋爱是什么以后，嫁的人才不会错。就算你身边的朋友全嫁光了，你也无法扯着自己的头发腾空，只有爱才能让你飞到嫁人那个高度——我为什么知道呢？射箭的那个家伙就长着翅膀。

祝开心。

连岳

2009年6月23日

# 婚姻中的信息战

亲爱的连岳：

你说过，人与人之间，有几种关系。我痛苦，他快乐；我快乐，他痛苦；我痛苦，他也痛苦；我快乐，他也快乐。我和老公很不幸在婚后（才一年多点）由最后一种变成了前一种。原因因我而起，长话短说。

我们认识在五年前，那是我大学最后一年实习时，他是刚去单位的新人也是校友。我们很快确立了恋爱关系，现在想来我不是像他那样也很快就把对方定性为人生另一半了，只是他不知道我的想法罢了。毕业前我就得知我顺利考上本校的硕士了，更是没有压力玩疯了。感情突飞猛进。研一我在学校上课，我们在一个城市一点影响也没有，真是美好啊。

可是研二开始我要去北京做课题了，走之前他也有不放心，还试探地问我，我说（我想我当时是不是有点想当然）我不会一只脚踏两只船的，和谁恋爱都会是一对一的。可是事实是，我在北京时，开小差了。有很多客观原因，但主观上我至少是有被实验室里的博士哥哥吸引的。博士哥哥是个聪明善良的人，一开始在他追我时我和他就坦承过我有男朋友，其实也是不想一个人承担压力的表现。他坚持追我后，我就妥协了，我们有email情书若干，虽然我写得少，但是还是情意绵绵的，虽然我现在对当时的感受怎么变的有些失忆。

我在北京期间的变化，反正是很顺利地瞒过了现在的老公，尽管他每天都有两个电话给我，而且一打就是以小时为单位。他还来过北京两次，每次都待一周左右。可能他那时太信任我了吧。在我左右为难之际，事情有了发展，我越来越觉得博士哥哥不适合我，他的一些性格是我渐渐发现的。这样事情就好办了，我也如释重负。哥哥在我的建议下毕业去了上海继续博后，我就很决绝地分手了，当然很抱歉伤他不轻。我在北京待了近两年后，回到母校顺利答辩毕业，并且放弃了留北京有户口的机会，回学校找份工作，顺顺利利地和老公结婚了。

本来事情都结束了，我也渐渐忘记得一干二净了。下面不用说你也猜到了，email铁证如山，对老公打击很大，好像他眼中的我已经变了一个人似的。他变得要么沉默要么非要和我谈谈逼我细细回忆。我呢，是相当白痴加衰到了极致。一开始态度还不好，不合作态度，后来是挤牙膏，能瞒就瞒。结果被认为认错态度极差，倚仗着老公的爱无法离去而恣意妄为。在这个多少有些男权的社会，老公的想不开，告诉我人生是不断地妥协，他又没有人可以倾诉，都显得很可怜。但我深知我不是可怜他才爱他，我没那个圣心。我就是很爱我老公，觉得在一起合适而快乐，才选择和他生活。

我一向喜欢独立思考，但是婚姻在一开始就被我们管理得很糟糕。有时喜欢林妹妹有时喜欢宝姐姐的我最近看尤三姐竟这样唏嘘。我感到老公的改变，渐渐觉得上帝给我关了一扇门，我还不知道窗在哪里，但我决定选择坚强。我把想法昨晚告诉老公，他很郁闷，他觉得我还没意识到自己的真正错误，以后还会有类似事情发生。我却觉得婚前的追求幸福不是什么大错以后不会发生了，现在也不必纠缠如此也没什么结果，我们都彼此相爱离不了对方。可是我知道信任这个宝贵的东西已经被践踏得没有了。

帮忙收拾一下没能力笨女人捅的娄子吧。

P.S. 我是学理科的，写东西太差。信还是又长又有些词不达意，聪明如你应该能给我一些建议吧。我的问题很有普遍性的，如何对待很多人都有的小隐私小秘密呢，婚姻中我不想伤害任何人，可是结果相反！常常一个人流泪的新婚真是让人崩溃。

笨女人

笨女人：

先来看看《人民日报》评论湖北石首案的这句话（6月24日，作者陆侠）：如果在突发事件和敏感问题上缺席、失语、妄语，甚至想要遏制网上的“众声喧哗”，则既不能缓和事态、化解矛盾，也不符合十七大提出的保障人民知情权、参与权、表达权、监督权的精神。

在情感专栏看到这句话颇感意外，是吧？

农耕社会围绕着田地，工业社会看重机械，而现在这个世界，信息最关键。春种秋收，制造、开动机器，这些都需要团队协作，个人的力量显得很微小，可以轻易抹去。碰上狠角色，信息社会里的个人也可以强行抹去——不过这种抹去的风险很大，你以为弱者喊破了喉咙也无人来救，于是尽情满足权力欲与虐待欲，绝想不到，这可能被全过程直播。

信息社会使任何一个人都可能在瞬间成为世界的中心，不知道这点的人，真的是很可怜——因为当他被众人关注之时，他才知道自己没有人味；全被人肉出来后，等着就是永坠畜牲饿鬼道了。

在信息时代的婚姻，也面临同样的挑战，任何一条有记录的微小信息，都可能成为婚姻中的风暴源。我们恋爱的信息，被记录的比例前所未有地高，不玩自拍，也有可能出现在别人的镜头里，你清空了自己的发件箱，可别人也许珍藏着你的每一封邮件。在信息时代活着的常态就是我们天天在自己身边埋藏信息炸弹。

这是无法逃避的命运，所以别说："如果我当初删了邮件就好了""太后悔拍那张裸照了"，这种"早知道，没穷人"的想法，往往是不接受事实与命运的托辞。

当气球被扎了一个洞以后，不要试图用手指堵住气体。这是信息涌现的规律，执政的人应该知道这点，恋爱的人也应该知道。只要你想爱，就是看《人民日报》也能悟道——我都忍不住要恭维自己了。

你劈腿的铁证出现时，"态度还不好，不合作态度，后来是挤牙膏，能瞒就瞒"，这就犯了《人民日报》所说的错误："缺席、失语、妄语"，情势将对自己极为不利，信息战中以此开始，就再无战胜的可能。

当铁证出现时，最好的办法就是承认事实，接受惩罚，比如分手或婚姻破裂。惩罚并不好受，尤其是你肯定还爱对方。那为什么还要承认呢？一是"缺席、失语、妄语"面临的惩罚更重，你后来真心承认的事实都将诱使对方作更坏的想象，将亲吻延伸为上床；二是尊重对方的智力与选择权，你看，这是你重新认识的我，你可以决定要不要继续爱我。

P.S. 这千万不要幼稚地理解成"知无不言，言无不尽"，你不说就没人知道的事情，那就让它烂在自己的心里，我们的无量心思如果记录下来，再强大的储存工具也不够用，这其中的许多，只属于我们自己，不属于爱，不属于他。

祝开心。

连岳

# 挽留不了的，就不必挽留

连岳：

你好，从没有进行过感情求助，而且《我爱问连岳》似乎都是女性写的信，以走入职场的居多，本来一直认为这类事情我都能挺过，但是现在越来越难了。

我和我女朋友初中的时候就在一起，算是早恋了，是同学，那是2000年。2003年高二的时候她去了美国，而我留在国内读本科。我们约定在美国见面，让爱生根。

在分开的六年时间里，我们都相信着未来会在一起，于是在邮件和电话的陪伴下走过了青春的大学生活，这段时间让我们更依赖彼此。2008年，我到美国读工科硕士，她本科毕业回到国内。

本以为我跟她战胜了距离，战胜了时间，但是距离和时间却悄悄地在我们两人身上有了刻痕，我和她渐渐不愿意或者说不能理解和体谅对方了，彼此在电话中也愈加生硬，我们两人都不知道生活会在哪里，在何时交汇。现在仍然使我们在一起的力量或许就剩下回忆的美好和不舍吧。同时我们也因为多年堆积下来的往事而多次争吵。

以上是我2008年11月时写下的，因为觉得还有转机，所以一直在草稿里。就在今年的3月14日，我被分手了，这段时间是她最低谷的时候，毕业半年，暂时工作没有着落，申请美国名校的Master也不顺利。她在这段时间想了很多，觉得我不再是那个她一心想要在一起的人了，于是，分手。

看了你的“分手指南”，知道分手其实不必有什么理由，就是不爱了，说起来和看起来都简单，真的到了自己的身上，就总是想去探究为什么会这样，我错了什么，是不是可以改变。

我不想过度倾诉于周围的朋友，因为我觉得那是一种以展示自己的伤口来获得的满足感，只是我这三个月里，一直沉浸在过去回忆的美好部分中，不愿意轻易放弃，不愿意干净切割，因为，我不会再有一个女孩儿陪我度过这独一无二难忘的十年。

也许我过去一直是以一个男孩的方式来爱她，我从未成熟，但是我一刻也没有停止成长，一年时间不见，感情也不见了。

这三个月，我一直在试着证明我可以被爱，这个夏天，我回国一个月想和她见面，只是她没有见我，今天，6月29日，这一次她说得更清楚了，我和她已经错过，并且不再可能。胸口有被石头压住的感觉，呼吸艰难，觉得自己的心被回忆揉啊揉。

需要何等的毅力和坚韧才能跟一个人彻底分离呢？需要多么强大的内心才可以忘记或者装作忘记过去十年发生的点点滴滴和细微尘埃呢？她是我第一个爱的人，也是一直爱了十年的人，我想不明白。

希望你的话可以点醒我，我不想被分手悲情诱导为热爱简陋生活，就这样吧，谢谢！

小骗子

小骗子：

请跟我一起念咒（一定要出声，否则不灵）：10、9、8、7、6、5、4、3、2、1。

念完了吧？上面你花掉的十秒钟，是你生命中宝贵的时间，在突发灾难中，比如地震或楼房缓缓躺倒，这些时间足够让你获得更多逃生机会。但是，这十秒钟再也回不来了。

时间没什么威力，它一定会流逝，一位王子在注视一位乞女，时间也照样从他们中间走过，不管这个画面多么富有戏剧性。挽留不了的东西，就不必挽留。

人类不可能毫无历史感，像金鱼那样，只有三秒钟的记忆。我们过去的时间已经转化成了某种物体，成为真实的存在，你种的一棵向日葵，果盘已经成熟；缸里的荷花，叶子开始驱逐水珠；你的学业已经变成毕业证书；不停强化的社会分工已经让我们成为某种神经官能症患者。

这种历史感让我们变成人，也让我们非人。我们会习惯自己的存在，曾经有邪恶的统治者说过，只要臣民足够贫穷，他们就会服从管教。事实比这种断言更恐怖，这样的臣民不仅服从管教，而且崇拜剥夺他们财产的恶人，只要恶人摆出喜欢贫穷的样子——反正皇帝不需要钱。

恶都会让人习惯，爱当然更会。爱某种程度上，也是习惯，甚至是一个好习惯，如果两个人一直相爱的话。你十年的爱的习惯（你现在也还爱），肯定很难离弃，因为所触所感，尽是成长与美好的回忆。这就像许多人在家里爱穿垮得没形没款的旧衣服一样，它的气味能安神催眠。可惜人不是物，爱的习惯必须两个人都还能得到正回馈。这就像坚果里的两枚种子，它们相爱的时候，是同一个房子里的相拥的情侣，当它们不得不分开时，是两个能独立生长的个体，换言之，当一粒种子决定生长时，另外一枚无论怎么不舍，也将不得不分开。

你问："需要多么强大的内心才可以忘记或者装作忘记过去十年发生的点点滴滴和细微尘埃呢？"当这些"点点滴滴和细微尘埃"对她形成负反馈时，只要正常的人性，都会选择分手，分手就是因为爱的习惯仅仅只是习惯，甚至是不快乐的习惯了。

耶稣曾在安息日为一个多年病痛的女人治好病。伪善的法利赛人于是谴责他，因为安息日是禁止做事的，包括治病。而耶稣的观点是，病痛在安息日从不停止做工折磨这个女人，你们为什么不谴责呢？你有点像这里的法利赛人，充满了不解：她为什么改变了多年的习惯？我不是说你伪善，而是想说，你没有站在她的立场看问题，她若觉得疼、不舒服、没有爱了，时间过去越多，她就越想挣脱，有人会因为病了十年就想继续生病吗？——下决心分手的人，也是如此。

你仍然爱，她却已经厌，所以你不舍的十年就是她要割舍的十年。时间就是这么过去的，只有监狱才有资格把时间强加给人，所以，过去就过去吧，你越不甘心，赔的时间越多。

祝开心。

连岳

2009年7月7日

# 痛苦和香槟都有泡沫

亲爱的连老师：

记得去年四川旅游归来独处，繁华狂欢后的寂寞，尤其落寞。那时的我刚遭遇了入室抢劫毁容+九年男友另寻新欢的双重伤害，尚未走出伤害的阴影，于是义愤填膺地给您去了一封信，没有回复。如今想来，当时的不回复也是一种回复，因为我需要的是自我沉静。

我买来了您的《我爱问连岳》I和II，收藏了您的博客，必看您的专栏。读您的文字，时而会心一笑，时而拍案称绝，时而恍然大悟。它们是名副其实的“心灵鸡汤”，让我明了了世上的黑暗，也看到了美好。正如您博客上一个留言所言：“感谢连岳，不仅让人相信爱情，还让人勇敢正直地活着。”您的智慧是一种力量，让人生活得更明白更快乐的力量。

如今我找到了另一半，这个我一见钟情的男人，虽然并没有完全符合我的理想，但超出我的想象。他听了我之前的不幸经历没有介意，反而增添了对我的佩服和疼惜；他为了陪伴我，放弃自己宽敞明亮的单位附近的新房，宁愿跟我挤在七十年代的一室一厅里，每天花一个半小时去上班；他不顾自己工作的劳累，为我打扫卫生做饭洗衣，甚至内衣内裤；在我上课的每一天，他都会准时在7点20分上班路上给我morning call把我叫醒；在我便秘的时候，他不怕恶心蹲下来关切问询我的感受；他会每晚细心地给我涂药塞药……而在事业上，他又是那么敬业那么优秀那么上进深得领导赞赏和信任……

我们都认为，对方是上帝派给自己的礼物。在认识了8个月之后，我们还是如胶似漆，一日不见如隔三秋，有说不完的话儿，有无穷无尽的欢乐，连洗澡都要同步进行。

刚从西藏、青海、甘肃旅游归来，同事们都死去活来过好几次，而我却照吃照睡精神百倍。与上次的孤寂落寞不同，这次等待着我的是他温暖的怀抱、榨好的冰爽甜蜜的西瓜汁、打扫一新的干净屋子和久违的畅快淋漓的身心交融。

事发16个月了，虽然我的脸上仍有伤疤，眉毛的运动神经尚未恢复，破案毫无进展。但那又有什么关系？这是一个美妙的世界，有甜美爱情温柔爱人，有花鸟虫草无限风景，有我钟爱的讲台和世界各地的学生……享受都来不及，哪有时间悲伤？

感谢连老师，您的精神食粮是最好的灵丹妙药，医治了我的创伤。希望能向您看齐，做一个智慧的人，一个有趣的人，一个带给这世界快乐的人。

遥祝您及家人一切安好。

甜甜向上

甜甜向上:

这个专栏每天得收很多邮件，我记得早年有一封女生的邮件，将自己的情境描述得很危急，原因是她怀疑自己得了某种遗传病，文中详细地展示了家庭中几代病人的惨状。看了我也很担心，觉得得了病只靠写邮件可能会误事，于是急急回了邮件，建议她赶快去看医生。

几乎马上就收到了她的回邮，只有一句话:“你才有病！”

我气得捶胸顿足，觉得胸口一阵发闷，嘴里有股甜味，电脑屏幕上，忽然绽放出鲜艳的红色玫瑰，谁刚画上去的？尚未凝固的颜料往下流淌……哦，原来那是我喷上去的鲜血。然后回了封邮件给她:“你果然病得不轻，活该！”

上面一段不必当真，它全是我脑海中当时的想象，想完以后心里舒服一点，我就是看看此事给了我什么正面信息，那就是，靠我的解答:

1. 无法解决急迫的危险；

2. 无法迅速提升他人的理解力；

3. 任何回答都可能导致歧见；

4. 善意或被理解为恶意；

5. 不能用别人的病引发自己的病。

我真是一个爱思考的人。这样显见的好处就是可以偷懒，从那以后就对类似的邮件脱敏了。比如前几天收到一封寻死觅活的邮件，声称要抛下数月大的孩子，给出轨的丈夫一个严厉的回应，而为什么会写邮件给我呢？“这个邮箱是我丈夫的女朋友给我的，我觉得很好笑。他们伤我那么深。我恨他们，恨我先生。恨那个女生。”我并未如她所期待，回邮件解决她的问题，哪怕她看起来命悬一线。

真是冷酷啊。等你这么感慨完了，我再来说说冷酷的必要吧。

人有选择权，这意味着人有选择不幸的权利。宗教几乎都剥夺了人自杀的权利，生命既然是神赐予的，就只有神能拿走，人无权自行处理，这也是许多国家放弃死刑的重要社会心理支持，一个国家的法庭，也无权利剥夺人的生命，生命就是神圣到这种程度。但是，每年还是有许多人选择自杀，选择神都不许他们做的选择。我的意思是，人可以选择一切，死也是其中一个无法阻止的选项。

神都阻止不了，人更不可能阻止。

爱情作为人类追求快乐的主要手段，必然会产生许多不快乐，爱情的黯淡、中断及毁灭是它的常态，身处其中的人，气质敏感夸张一点，往往会想死。他们中的一些，若能向我诉说，激情可能就正在慢慢消解，我还希望他们能写长一点的邮件，这样花的时间多一些，自我梳理也更充分。虽然不一定会有回复，我看起来也痛苦。可诉说才是最重要的。

这之后，需要更多的时间，或者再加上一个新的爱情，快乐重新降临了，是之前的两倍那么重。就像这封邮件的主人公一样。

体验不快乐、痛苦甚至厌世的低谷感觉，对人是有好处的——别听我这么一说，你就主动去寻找这种感觉，别着急，它们迟早会来的。

第二次获得的爱情，因为有补偿效应在里面，就像钟摆由一极荡向另一极，我们可能会像原来夸张不幸一样夸张幸运（至少看这封邮件的人有这个感觉吧）。此时别忘了在低谷学到的东西，泡沫有破的时候，香槟的泡沫也是如此，以后回归相对平淡，要知道，它是正常的。温和的时间，它才能中和冷酷与狂热，一切都得交付于它。

祝开心。

连岳

# 世上没有太聪明，只有不够聪明

连岳：

一个男生（我喜欢他很久，他一直拒绝我），过年时候跟我表白，我答应了。当时家里引起轩然大波，我爸妈觉得他长相身高性格能力没有一项配得上我（我爸妈是那种敝帚自珍的人），甚至把我关在家里不让出门（我从未想到我明智讲理的父母会做出这种事情）。当时不肯妥协，脾气不好，讲了很多难听的话，跟父母闹得很僵。

好不容易开学了，逃回上海（他在北京），总算喘了一口气，天高皇帝远，以为可以开心地谈下去，哪知道事情向着意料之外发展了。

今年5月，我大四课程结束，想趁工作前间隙毕业旅游，于是两人一起去了厦门（城市真的很美）。但是短短四天，我就发现大家不适合一起生活。到了旅馆，他顾不上休息，就在我电脑里面装了游戏，我不爱玩游戏，但可能不是每个人都能理解其中乐趣吧，所以我也没说什么，但夸张的是，我们每天玩到8点左右回来，他就开始玩，直到深夜。有时我催他洗澡，他都哼哼唧唧不肯离开片刻（我并不是很喜欢这种老妈子角色，所以非常火大）。

离开前一天，原本是要去泡温泉的，他一早爬起来玩游戏，说外面太热不想去了，我也没所谓，反正两个人在一起就行，但是我肚子饿了，建议去吃早饭。他眼睛盯着屏幕对我说：这么早，没有餐馆开门的。我实在很饿，之后催他好几次，他都不耐烦。后来我不催了，自己洗漱好，自己出门吃早饭，然后买了一堆零食回来在客厅看电视。11点多时候，他饿了，出来找我去吃饭，我说我吃过了，你自己去吧。他愣了半天说了一句，你好做得出哦。将三四天的事情回忆了一下，觉得大家性格不适合一起生活，细节无法互容。现在我喜欢，可以容忍，但是长期生活，我肯定要忍不住指手画脚，与其弄成那样，不如趁没到那一步时候分开。回上海路上暗示了这个意思，他故意装作没听懂，我想想还有感情，可以努力一下，也就没提了。

之后一起见了他上海的朋友（以前只和他单独出来过），吃饭时候，我忽然发现他好像变了一个人，完全是我讨厌的那种自以为是爱吹牛的男的。我惊讶怎么从没发现他这么浅薄，完全胡吹乱侃，不外希望人羡慕。心里一阵反感，忽然就轻视起他。这转念的想法说吓了我自己一跳一点也不夸张。以前就觉得他成熟聪明，现在我居然开始鄙视他了！想想心里有些难过，知道这段感情算是彻底完了（他还在开心地抽烟聊天，诧异我怎么如此安静）。

他回北京了，因为知道没有未来，我一天比一天冷淡，他很不习惯（换作我，我也不习惯，实在冰火两重天……觉得我变了，我的确变了，虽然我很不愿意承认这点，也很不喜欢人家这么说。但是我觉得不能完全怪我，既然他工作找了半年没找到，为什么不选择来上海？（说是东一榔头西一榔头地不知道怎么和父母交代，这样晃着就叫有交代？）既然自己舍得离开我，凭什么觉得我变了？听他室友说回北京之后还是不找工作，不停打游戏，我也不再鼓励他、安慰他、督促他了。因为他之前说只想做自己喜欢的事情，所以之前我觉得我养他直到他找到喜欢的工作为止都可以，现在我发现他只是说说，作为游手好闲的借口，作为懒惰颓废的掩饰，我就不管了。他自己都不觉得24岁的人就算扫大街也应该开始负担自己的生活，那我干嘛要接他父母的接力棒？我好好一小姑娘我还没人宠呢。

整个恋爱过程中，我发现我自己的确是个冷得很快的人，我说我现在一点喜欢都没有，你不会觉得我很可怕吧？

和爸妈的关系还是很奇怪。他们不记仇，对我很好，但是虽然结果是他们期盼的料定的，这件事情上我还是不愿原谅他们，因为我觉得如果没有他们变态的强硬干涉，我会更早发现两人的不适合。

虽然变化很大，也没有很可怕对吧？我自己觉得是往好的方向在变咯，他说太聪明了不好，但我觉得很开心。你说呢？

小明

小明：

人生这么短，就算全花在爱上，也不多。所以从效率的角度来看，为了爱而爱是不够的，爱同时还给了我们方法论，让我们提升观察人性的能力，甚至提供养生保健的方法，赚钱指数也会增长，而成为哲学家，更是必然的后果……一切就是爱，爱就是一切。

这像是爱原教旨主义，为了避免听起来像是邪教教主，有必要展开说一下。

据说中国人一当父母亲，脑垂体就会变异，其中一块区域持续发射信息：孩子都是错的、都是错的、都是错的……所以不干涉孩子恋爱的父母，在中国这里是稀缺物种，少到他们自己都不好意思。

现在我观察一些中年人的言论（这个我有便利，许多朋友都是中年人了），有两类感慨是互相矛盾的，一是因为自己婚姻成功，从而庆幸自己当初抵挡住了父母的干涉；一是因为婚姻的失败，从而埋怨自己的父母当初干涉力度不够。第一类的正反馈不多，而且到了当父母的年龄，往往情感上倾向于为父母的行为辩护，作为曾经的胜利者，他们也愿意原谅失败者。而第二类的负反馈却极大加深了父母辈的控制欲，一代代这样累加，新人就越来越辛苦。

父母干涉与自己的婚姻是否成功，这是一个中国人必然会碰上的两件事，可怜的是不同类型的人都把它们并列成因果事件。无法走出这种方法论上的迷雾，自己的婚姻可能就是为了赌一口气。

一些强烈反对父母干涉的人，虽然迅速发现了对方不适合自己，或者根本就是遇人不淑，而为了不“输”给父母，往往拒绝在正确的时间选择分手，病越拖越重，有些（其实可以说几乎全部）父母则在旁幸灾乐祸：“不听老人言，吃苦了吧？”于是在仇恨中态度更加坚决，婚姻局势就像耶路撒冷一样，永无宁日。

反对他人（包括父母）干涉自己的感情，这是要自由。但是世界上没有任何一条规律保证反对父母干涉后则婚姻一定幸福。获得了自由恋爱的权利，仍然需要你判断这个人是不是那个真正爱的人，这需要理智。

我觉得你做对了两件事，一是从父母霸权中得了解放，二是在实际接触中发现他不值得爱（选择厦门做这个实验很明智），接下来要明白的事情是，他不值得爱并不证明父母的干涉是对的，也不意味着父母取得了下次继续干涉你的特权。继续反对干涉，继续认真考察男友，保证自己自由地发挥理智的判断，这是找到真爱必要的聪明。

世上哪有“太聪明”这种东西，永远只有聪明得不够，所以你时时会看到蠢人在“不要太聪明”的污泥中打滚，从一个错误进入到一个更大的错误，白白浪费了大好人生。

爱情对每一个人都会说（无论是父母还是子女）：自由地、聪明地、理智地爱，这是一个了解世界的最好途径，这是一个尽自己责任的最有趣方法，这也是一个人不能轻易剥夺与放弃的基本人权。

祝开心。

连岳

2009年7月21日

# 作战时请勿赤膊上阵

连岳：

展信佳。

我知道自己迟早要向你求助，但不知道这个时刻来得这么快。

昨天我被动出柜了。

我和我妈躺在床上看书，我侧身背对着她，心里一直在想念我家那位，想得眼眶有点潮湿。然后在我起身去洗手间的时候，母亲大人翻看了我大部分的短信。回来之后我把手机没收了，然后她问我，你们到底是什么关系？

其实她心里一直都是清楚的，这几年的变化，她一直都看在眼里，只不过一直都在装傻。昨天是瞒不下去了，于是承认了我喜欢她，她也喜欢我。然后自己开始大哭特哭。

母亲大人用一种同情和理解的语气表示，她明白我在一个特殊的环境里过了四年，性取向有变化是正常的，离开了那个环境就好了。而且，她觉得我可能分不清友谊和爱情，太纯了，才导致被别人骗的下场。

我确实不是非女生不可，复杂来说，我什么都不是，只是非她不可。当初是我先喜欢上的她，她为了摆脱我，还冷落了我很久，最后发现自己也喜欢上我，于是忐忑不安地在一起了。经历了三年的磨合期，我们确信，彼此是契合的。和对方在一起，我们感觉幸福、有安全感、快乐（以及世界上所有其他美好的字眼），外带贯穿始终的忐忑。我们约定，为了早日摆脱这种忐忑，我们一起努力调到省会城市去工作，有我们自己的房子，找一对gay形式婚姻。

现在她回到她的城市开始工作，我也回到我的城市准备司法考试然后工作。她希望我在工作前能去她那儿住一个星期，毕竟以后可以一起生活的那个时刻太久远了，久远得都不知道它会不会到来。我征询母亲大人的意见，她坚决反对我去，因为我给出的理由是“让她督促我”，而母亲大人说“靠别人是靠不住的”。我变得不勇敢，常常一个人偷偷哭泣，担心未来。直到昨天。

母亲大人说，难道你们要结婚吗？你们能结婚吗？你如果不结婚，我们二老的面子往哪儿搁？不要把事情搞得这么复杂，你在她身上找到的东西在男人身上一样能找到。我告诉母亲大人，我珍惜她，珍惜我们之间的感情，和她在一起，我觉得非常幸福。同时说了许多好话，可惜的是貌似母亲大人对她先入为主的印象已经形成严重的偏见了。

庆幸的是，我们一直语调平稳，语气和缓，没有想象中的吵闹，也没有惊动睡在隔壁的父亲大人，母亲大人还在我抽泣得凶的时候轻拍我的背，不停地说，我知道，我理解，我明白。虽然我觉得她不太知道不太理解不太明白。最后，母亲大人仍然不允许我去她的城市，但是允许我考完试之后去，允许我们今后“只做朋友”。她说：“我也很珍惜她，她让你变得优秀，我感谢她还来不及呢。只是你们都将有自己的家庭，你们是绝对不可能在一起的。”

连叔，我的她还不知道我的出柜，近期我也不打算告诉她，今天是她第一天上班，我不想影响她心情。

这就是我的出柜阶段性成果，向连叔做个汇报，希望连首长指点我军的下一步作战方案，因为我军实在是把握不了敌情啊……

祝连叔开心，也祝我自己开心。诚盼回复。

Sin

Sin：

当同性恋在许多国家已经合法化时，在我们这儿确实还相对不幸，有些软件还会把“同性恋”当成下流词语屏蔽，甚至还有文艺评论家痛斥“同性恋、长头发”为丑恶现象——我的朋友张晓舟对这篇可笑的文章念念不忘。他的头发比较长。

不过对比有些地方同性恋要抓起来判刑、坐牢，我们这儿又好像还相对幸运，事情还不算太差。

一切都在相对的位置。

快乐、幸福、爱，有时候也处于相对的位置。能同时呈现“幸”或“不幸”双重属性。

在我们这儿，人一多就要被诬称为毫无脑子的“群氓”；而无论因为天生倾向还是后天习得，人一落单，（大众）又会特别冷酷地欺负他们无依无靠——两种处境都不妙，后者尤其可怜。同性恋者、思想家、改革者、离群者（甚至留长发者）都会沦为被群殴的受害者。这种情形可以想见，还会持续很久，改善只会缓慢到以令人失去耐心的速度进行——如果有改善的话。

也就是说，你们不可能得到父母的祝福，法律更不会承认你，至少在你们这一代是如此。

勇敢地出柜，有时候会引来更多的烦恼。

我喜爱、我尊敬、我崇拜那些勇敢的出柜者，只有每个“奇怪的人”都呈现出来，表示自己的存在——哎，我在这儿呢！——他们的声音才能慢慢被听到，他们的权利才能得到。出柜者的勇敢价值不仅有利于同性恋者，更造福了所有相爱的人——异性恋也有出柜问题，只要他们与既有模式稍稍不同，也得表示：“我是一个与你们不同的少数派！”

勇敢远远不够。不要指望勇敢一次就得到一生的幸福。

勇敢一辈子，勇敢一百年，也许才够。比如说吧，美国的黑人得到了投票权，一百年后，奥巴马才当总统。而等到奥巴马卸任（四年或八年后），世界上有许多人照样没有投票权。不过迟早全人类都会有投票权的，只要争取，一切只是时间问题，而时间每天都会涌来均分给每一个人，它是勇敢者永不枯竭的武器库。

最终的平权到来之前，仍然可以聪明地寻找自己的快乐，两个S都不会缺（注一下，即soul和sex），有勇有谋，才是王道，有勇无谋，只是炮灰。世俗看似强大，其实很好骗，它们往往像一坨屎，想办法闪开，它们自然会分解，一较劲，就算赢了，把它砸烂了，你也是在砸屎。

我觉得你们“找一对gay形式婚姻”这个计划相当完美，在当下应该是同性恋的选项，在这层伪装之下尽情享受自己的生活，既不必转嫁自己的不幸，又可悄悄扩张自己的权利。同性恋者甚至应该成立这样的互助组织。

做爱的时候，才能赤膊上阵，在作战的时候，要用最密实的盔甲保护自己，利用敌人的弱点欺骗他们，也是可以的。

祝开心。

连岳

# 我那吸引姑娘的神秘外衣

连岳：

看你的专栏很久了，从初中家里订了《上海壹周》开始就看了。说实话，那个时候这份报纸最吸引我的就是你的专栏和隔壁的星座运势了。听起来我是不是一个资格很老的读者啊？其实我刚刚高中毕业，19岁生日都还没过呢。而在高中住宿的时间里，我还是延续了看你专栏的习惯，所以周二（以前是周三）我总是很自觉地早起去买报纸，从不赖床。我觉得你的专栏很有价值，至少教了些我爸妈不会教我的东西，有关爱的。

闲话说了不少，接下来就转入正题了。

首先大略说一下我的情况吧。我从小就是优秀学生，学业一路没什么挫折，大学也早就被复旦预录取了。然而在与异性交往方面我却并不是一个能人，我妈也一直说我情商比智商低很多。在高中之前，我也没怎么想过这方面的事，而且我的确不赞成早恋，至少初中是太早了。不过进了高中，恋爱这种事想躲也躲不掉啊。

高中的经历太过琐碎，事情也比较复杂，就不一一赘述了。简要地说就是有一次表白被拒，然后拒绝过若干人的表白，最后在高考结束后交了一个女朋友。

表白被拒那次纯粹是我虚荣心作怪，当时根本不懂爱（虽然现在其实也不大懂），所以不作深究。

但是关于拒绝别人和现在的女友，我实在是有问题想问问连岳。

按照某个被我拒绝的女生的说法，我是一个比较优秀而且人也不错的男生，有不少倾慕者。但是我一直为人低调，而且不大主动接触女生的。那女生对我的好感可以说是建立在我脑子还算聪明脸也算不上丑，人品不错以及那种沉稳还带点神秘感的基础上咯。那我如果想接近女生的话，就会失去至少两大优点：沉稳和神秘感！不接近的话，天知道我几岁才会有女朋友……简直是悖论。我应该怎么办啊？虽然现在我有女朋友了，但是这个问题依然存在在我身上。

上面这段由我自己来说难免有些得意的情绪在里面，虽然我不讨厌，但也不大喜欢这种感觉。如果读起来不爽就和谐一下好了。

然后就是现在的问题。前几天我刚经历了 my first date，只是牵了牵手而已，我也感觉自己并没有执着的欲望，和女朋友玩相比和朋友出来玩也没什么大区别，难道我不需要女朋友？应该不是，有了她，我的生活的确不一样了，我们也很开心。但是在行动上，我似乎总是缺根筋……还好我们都年轻，也都是乖孩子，暑假里也不会经常约会……让我有了时间去学习。连岳，你有什么建议或者意见么？

刚开始写的时候觉得自己问题很多，但是写着写着其实也就这两个比较重要一点。也许这只是我这个年纪的人很普遍的问题，但是我没什么人可以问（父母我实在不敢请教，连有女朋友也没敢说啊），只好麻烦你连岳了。

望得到解答。

祝工作顺利，身体健康。

左右摇摆的shift

左右摇摆的shift:

你恭维话说得那么好，情商一点也不低。为了表示我也有礼貌，先替我隔壁的星座运势也谢谢你。这么生动的亲证，证明大有将《上海壹周》订到班级的必要性。

自然界里，往往雄性比较漂亮，它们或有华丽的外衣，或有美妙的歌声，或有庞大的体积，就是一位屎壳郎先生吧，虽然比较朴素，可是求爱的它，也会滚一枚比平时大两倍的屎球去讨好屎壳郎姑娘。这些都是为了吸引异性。

人类社会当然是女性更花枝招展，不过没办法，她们也必须被男性吸引。

吸引之后是什么？是恋爱，是交配，是繁殖。这是动物们的共性。人类也许会瞧不起动物，不过对于大象这样坚定的一夫一妻的忠诚主义者来说，人类的滥情又怎么对得起爱呢？任何一个男人，拿两支那么昂贵的象牙，又有巨大的生殖器，不知要张狂到什么程度。

吸引之后是去爱、去尝试，爱不仅是理念，还是行动。全本背下这个专栏的所有文章，却不去接近你想爱的人，那也是白忙。人与人接触之后，那些吸引的因素也许会改变，圆润的梨以它性感的姿态、多汁的暗示吸引你，你拿来不是看，而是咬一口，这时候，你破坏了它的外形，却被它的内在征服，清甜的果汁灌满你的味觉，你觉得那一身尘土的烦躁往下沉降，就像细雨后的一株植物——说得这样神乎其神，你不亲自尝一口梨也体会不到。

爱情这种实证主义、经验主义，注定了他人的概念只是我的参考。落实到你身上，你不愿失去女生心目中的“沉稳及神秘感”，看来你很满意这个标签，不过，有哪个高中生不喜欢呢？许多人可能会像你一样，喜欢到宁愿放弃跟女生接触，以保持“神秘感”。我们很容易走上别人搭的火刑架，为了别人眼里的神秘而不恋爱，为了别人眼里的正义就献了身，敌人的弓箭手一激将，就要赤膊上阵……不要轻率地为一件事走极端，因为哪怕听起来对得不能再对的事情，都有可能是假的。

你的“神秘感”，你现在觉得它对得很——“沉稳”，倒是不怕接触的，这个特质不需隔断信息，再熟悉的人也能沉稳——不过，从统计学的角度来看，只是一个被你拒绝的女生表述了这个观点，你还没有资格穿在身上，样本空间不够，得出的结论是不真实的，说不定有另外一百个女生觉得你“轻浮”且“无聊”——当然，你知道，这只是打个比方——那么，你应该更属于后一类人。

我们知道，有些小孩假装生气，一直没人来哄，下不了台，最后变成了真的生气。假装“神秘感”也会面临这样的困境，神秘嘛，就不能让女生那么容易靠近，得有相当数量的拒绝来保持它——对于一个只牵过手的男生来说，玩下去的唯一的好处就是让你觉得女生充满了“神秘感”。

用“神秘感”来吸引女生，一点错也没有，把女生吸引过来的方法都没错，但是吸引只是手段，目的是恋爱，熟悉后当然不神秘了，她看到你的睡相，也经常会在卫生间碰面，你有其他让她喜欢的地方，是吧，再熟悉也会让她爱你——如果没有这个自信，那我倒赞成你一直打神秘牌，直到打成人人都看得出你其实怯懦得很。

祝开心。

连岳

2009年8月4日

# 拿药给病人吃，<br>而不是向病人拿药吃

连岳：

一直以来，我是自以为以我母亲的守卫者的姿态存在着的。我母亲出身于高干家庭，在当年轰轰烈烈的上山下乡的运动中，结识了我的父亲。为什么不用邂逅呢？想必你也猜到了，这不是段圆满的婚姻，甚至对我母亲而言是悲惨的。我父亲是个懦弱、无能并且懒散的男人。从小，我是听着母亲对我父亲的怒骂和训斥长大的。我的叔伯阿姨们，都有房有钱有面子，我的母亲却因为嫁给了我的父亲，成了整个家庭中最人微言轻的一分子，偏偏因为我母亲的出身，她这一辈子最爱的就是面子。你能理解她的疯狂了吧？那么爱面子的一个人，却偏偏在家族中最没面子，谁都可以呵斥她，甚至诸如搬家一类的事我母亲都是要出力的，因为他们认为我妈妈有的是力气。

我一天一天地长大了，在整个长大的过程中，我亲眼目睹着家人对母亲的伤害。我发誓

要给母亲一个好的经济环境，让我母亲以后能在家里挺起腰杆做人。可是连岳，我不美丽，学习也不好，我唯一拥有的，就是在二十几年的成长过程中，所锻炼出的察言观色的能力。就凭着这份能力，在大学一年级，就在整班还是小屁孩的同学中，发现了我的男朋友，也是我现在的老公。他乍看根本没什么特别，但是一个出身良好的人的气质是骗不了人的，也是隐藏不了的。我成功地抓住了这个男人，尽管我根本不爱他，可是我明白他是我唯一的机会，可以给我母亲幸福的机会。我们毕业后就结婚了。从确定了这个男人开始，我母亲立刻成了幸福的人，家里人也开始频繁来上海游玩，老公出钱又出力，引得家里人一直交口称赞。结婚时，我看着一辈子不曾这么扬眉吐气过的母亲穿梭在宾客中，心里满满的都是幸福。

在认识老公之前，我家甚至连自己的房子都没有，我们一家人是租房子住的。你能够想象吗？我们租的房子，是有老鼠、蝙蝠甚至是没有抽水马桶的。认识老公之后，我给了我母亲几十万，帮她买了套房子。连岳，我一直觉得这一切都是值得的，我甚至连活着的目的都是为了我母亲。可是从去年开始，一切发生了变化。因为金融危机，老公家的产业已经到了难以为继的地步了，我也有近两年的时间不敢乱花钱，不敢买名牌，不敢随随便便就出国旅游，甚至是，我拿不出我母亲装修房子要的钱了。

也就是从那时候起，我母亲开始唠叨我当初根本嫁错了人，当初一看我老公就是没能力的人，要不是我一心要嫁给我老公，他们是说什么都不会同意的。这一切，在今天到达了顶峰，因为生意实在周转不灵，我和老公恳求我的母亲帮我们借了4万块钱。本来说好这个星期一还上的，但是因为资金一时还不能到位，我老公打电话给我母亲，希望她能和借款的人解释一下，钱下个星期一之前一定还上。结果，我亲爱的母亲，就在电话里狂骂了我老公半小时，轰炸的声音，穿透了电话，让我也听得明明白白。我老公什么话也说不出来，只能一个劲地道歉，说妈妈对不起。

连岳，我爱上了我的丈夫，甚至说我很爱他。是他给了我一个温暖的家，疼惜我，尊重我，结婚后一心一意地对我，想办法满足我的一切要求。可是我的母亲，她看不到我的幸福，她甚至和我说，当初还不如去当小三，反正我们家的人只会看你有没有钱，不会看不起你当小三的。当小三，钱也有了，房子也有了，也不至于像现在这样，什么也没落着。可是，我现在选择的这个男人，当初不正是为了你吗？我一个人在上海艰难地挣扎，没有亲人，没什么朋友，想要紧紧抓住的这个男人，难道不是为了你吗？现在因为他没钱了，那么，我甚至连爱他都不行了吗？

LILLY

LILLY:

现在仍然有许多痴人在说梦，胡扯清贫时代的人心如何善良，风气如何纯朴。我会在心里发出一声冷笑，暗暗赞叹一下：好一个蠢货！贫穷的状态从来对人类的精神不利，若没有对母亲们陷入病态的赞美，你会发现像你母亲一样的人并不在少数，他们往往经历过极度贫穷的状态，心理创口至今未愈，动辄受伤，口吐白沫，非得取出崭新百元大钞两张——有人喜欢油腻的旧钞——烧成灰和水吞下，才能恢复清醒，这是贫穷的创后综合征。

也就是说，他们是病人。能力可及，当然可以给他们一些物质，以缓解他们的焦虑，但已不能把他们的病呓当真了。

阿尔茨海默病患者由于记忆力慢慢丧失，没有受过训练的亲人在陪护时，会觉得深受伤害，比如得病的老先生会对老太太说，你不是我的老婆！——受过训练的老太太知道，这不是他有心的言语，只是病人发出的呻吟，就不会往心里去。你母亲的护理可依此例。

她现在用你们的钱，住着你们买的房（确切地说，是你丈夫买的），你不听她的话她也没招（情形如果倒回来，她话语的权重就增大了），我就不信她有能力找个阔佬挑着钱来包你做二奶。当然，我可以理解为你心酸的母亲又沦落成为钱抓狂的可怜样，这样的话，你就随便哄她两句吧，妈妈呀，我资质不够，没人愿意包，我再不安于室的话，连你住的房子老公都要收回。这样，她多半就老实了。

把病人放到一边，我们来谈谈婚姻中的苦难会更有价值一些。因为金融危机，许多人的婚姻忽然有了苦难。这是谁也没办法的事，花旗银行都要靠政府救济，更何况是个肉胎凡夫呢？婚纸的契约里默认了要共同承担苦难的条款。你妈妈在苦难里没撑住，变成了精神残障，有人在苦难里挺住了，变成了更可爱的人。

不怕吓你，婚姻是必然要碰到苦难的，也许可以一辈子不穷，但是衰老、疾病、死亡肯定在前面等着我们。一个人不要刻意去追求苦难：巧妙地批评不至于被恼怒的对方毁灭、持续锻炼保持健康、用好的化妆品养护容颜、优化财务结构抵御金融风险，这些都是聪明的做法，承认苦难的巨大的杀伤力而力图远离它们。但苦难来了，就正视它：老了就不要装嫩、O形腿就不穿超短裙，病了就得治，钱不够了就节省开支，妈妈是个财迷瘾症那就早点把她做掉——最后一句当然又是玩笑，不要当真，不过，当真也无妨，干得漂亮一点，别留下证据……喂，把刀放下，我还是在开玩笑啦。

其实更危险的是，定力小到挡不住一次金融危机，这样的情景看在丈夫眼里，他说不定早起了休心，要认清现实，他有能力东山再起，而你却无姿色新晋小三，最符合你根本利益的一定是共渡难关这个选项。

祝开心。

连岳

2009年8月11日

# 有爱争夺

连岳：

你好，我刚刚结束一场“斗争”，特别疲倦。斗争围绕的中心点是你！前几天买了你的《我爱问连岳》Ⅰ、Ⅱ、Ⅲ，放在沙发上就出门了，没想到逛街回来后，妈妈面如土色地坐在客厅中央等我，说我买了三本“歪理邪说”，教坏自己！天哪，怎么不同的人看同样的书会有如此截然不同的看法？我是拜读了你的《我是鸡汤》，深受启发，继而再买《我爱问连岳》的，希望继续受教。

妈妈最最反对的是你对爱情的说法。她认为婚姻中哪里有爱情不爱情这个说法，结婚、生孩子、油盐酱醋便是生活全部，哪里有这么多爱不爱的胡思乱想！她和父亲的生活便是这样，为了生活而结婚，忍受出轨、被丈夫打，坚持不离婚，维持一个看起来“完整”的家庭，现安然退休，觉得自己这辈子大功告成。她的观点就是家不是讲理的地方，更加不是讲爱的地方，爱不爱不能当饭吃，她一看到你写的《20、30、40都不将就着爱》[*]就气不打一处出，觉得你教坏女性，过分强调爱在婚姻在生活中的作用！

老一辈是不是都比较怯于谈性？妈妈不仅仅是怯于谈，甚至是耻于谈性！我说婚姻肯定离不开性，她说她和父亲多年无性还不是一样过下去，还问我是不是性欲过强！天哪……她是不是希望我的婚姻是“纯洁的”无性生活啊！

讲讲我的现状，或者可以帮助你了解为什么妈妈看到你的书会如此愤怒。我今年25岁，去年结婚。但婚后发现和丈夫在性上非常不和谐，每次做爱都完全没感觉，跟他提出数次有必要改善性生活质量，但他均没有回应。我觉得在性生活的失望下，对他也渐渐失望，接吻拥抱变成一件尴尬别扭的事情，仿佛爱已经是离自己好远好远的事情。后来，我认识了另外一个人，我们有说不完的话题，拥抱接吻和做爱都非常契合，我觉得这就是我的真爱，希望能和丈夫结束这段无爱无性的婚姻，再去追求自己的幸福。跟妈妈提出之后，她如临大敌，觉得我大逆不道！她让我多跟丈夫沟通，我说多次沟通效果都是零，她不相信，说没有什么事情是不能沟通的！还威胁我，如果离婚和那个我爱的人在一起，她就再也不是我妈妈，唉，所有粤语残片里面的烂情节都上演了！

---

* 参见《我爱问连岳 1》。

直到此刻，事情还在胶着状态，不希望我的婚姻是没有家人祝福的，我希望他们能明白我的想法。

究竟我要怎样才能让妈妈知道，爱不是用沟通可以得到的！若婚姻中不爱对方，如何能继续？请你教教我，救救我！谢谢你！

拉朵

拉朵:

我，作为一个无可救药的乐观主义者，总是能从凋零中看到第二年的鲜花。

人性维持在一个正常的水准，过于唯美，它就用肮脏恶心一下，过于“唯丑”，它又能开出恶之花，惊艳一下。

看看人类历史，一个国家，一个群体，即使毫无人性地被统治数十年、上百年（这也意味着统治者会激发、鼓励被治者的非人性，比如亲人间的互相告密），可是依然能够发现正常人的身影，心细的话，甚至能看到高尚的人。这条规律，在任何时间都有用。

这种趋于正常的人性（不必太多指望高尚的人，以免掉入唯美陷阱），往往起到传承人类文明与理性的作用——所谓文明与理性，听起来概念大，不必担心，操作起来却很小，只要听从你真实的人性、行事合乎简单的逻辑即可。

婚姻是个人主义，是快乐主义，在普遍不幸时，婚姻是逃生，而非对不幸的模仿。说句具体的，在禁欲社会，婚姻是合法的纵欲。再具体一点，婚姻里要有性的激情、性的快乐。婚姻不能亏待性器官。

现在是不是禁欲的社会？似乎不是，车在红灯前停一会，就有人来塞神秘的广告，上面可能画着女明星，声称能提供特殊服务（别指望去了真能碰上女明星），种种服务，项目从头到脚，从唱歌到洗澡，据知情人说，最后都是指向色情——根据语言学，某种事件的别称越多、隐喻越多，它就越丰富。

但从你妈妈的情况来看，许多中老年妇女，她们的婚姻生活就是受苦、忍耐、两人持久地消耗，在衰弱的老年达成微妙的平衡——也许是由于习惯了痛苦，也许是死亡前病态的安宁——这样看来，存在一个禁欲的婚姻制度。还好比无性繁殖进化了一步，是繁殖无性，生了孩子后性爱就消失了。婚姻中的性，仅仅存在于繁殖的那一阵。这种反人性与反安全套生产商的婚姻，本来应该引人发笑。

可是，它却让许多人有庄严感。正如女圣徒曾经为自己污秽的形体感到圣洁。现代修女都已经讲究个人卫生了，我们现代的婚姻仍然在坚守苦难，甚至要把它传给自己的女儿。所以我们身处的既不全是纵欲的社会，也不全是禁欲的社会，它在婚姻中体现出来的，是一个不正常的结构。具体到你妈妈身上，体现为反连岳“歪理邪说”的“面如土色”，因为自己没尝过爱，以至于认为爱只是虚构。几乎没有得到性的快乐，所以相信性只有痛苦——这是一代连自慰都不会的女人。

我，当然应该是她的敌人。我们，当然应该是她们的对立面。

她们的不幸，应该到她们为止。听从自己的身体，尊重应有的常识，自己的感觉、自己快乐才是真正的导师，不是妈妈。

任何事情都要征得妈妈的批准，你就只是在复制妈妈的命运。她标准的悲惨命运你当然不愿意经历，价值就是这样反向传承了，人性于是慢慢恢复正常；这是我从来不害怕看到丑的原因，因为它也在告诉你美是什么。在缺少美的时代，它甚至是唯一的老师。

祝开心。

连岳

# 那些幸运的人，
# 可能就是因为他们战胜了
# 自己的不幸吧

连岳：

你好。在看《我爱问连岳III》。看第二本的时候给你写过信。看你的书总是会激发我跟你这个陌生人倾诉的愿望。也是，心里那些事情，还能跟谁说呢。

第三本让我特别刺痛的是，里面有两篇和乱伦有关的（我还没看完，不知道后面还有没有）。真的，太刺太刺了。如果我不把我曾经的经历说出来，大概会让原来的伤加倍。

类似的经历，我13岁的时候也经历了。当然没到那两个女孩所经历的程度。那个时候我只觉得浑身不自在，毕竟我已经发育了，也有了一些两性的意识，但我一点也不敢反抗。到后来长大了，有了性经验，看过男人性欲上来的时候的反应，才真的确定，爸那时候在干什么。而在此之前，我心里为这个事情整整疑惑了10年。你可别说也许是小女孩的错觉，我知道那是什么，只是更细节的我实在不想描述了。

这些都让我耻辱到今天。而我，现在已经是快40岁的人了！

这几年因为要学习和孩子相处，一直在研究父母的行为对孩子的性格造成的影响。这几年也不断地检讨我性格里面的一些问题，它们到底因为什么。

现在的我，大家都觉得我心态年轻、快乐、能干、聪明、时尚、有智慧。我和同事、朋友们都相处得很好。其实工作中我的性格很急，着急起来讲话就非常不客气，很伤人。但相处很久的同事也都很理解我包容我，知道我就是完美主义者，对事情比较负责，骂人的时候都是对事不对人，等等。所以虽然脾气臭，但人缘还不错。

大家越是这么包容我，我就越想去反思，找到导致我性格缺陷的原因，改正。这个当中我也开始有了自己的信仰，学习让心态更平和，学习理解人和人之间的差异。学习给年轻人更多的事情成长，因为经验这个东西一定要时间的积累。

但连岳你知道吗，这个过程真的很累，就好像拿了个道德的鞭子不断地监督自己。其实和朋友、同事、下属相处融洽，多一些鼓励和包容，我已经越做越容易。但唯一就是家人这个部分，因为上面说的那个结，我永远都没办法更平和更善意。

13岁，我那一年每天都坐在教室的窗台上，双腿搭在外面，想要跳下去。因为碰上家里这么令人恐惧的事情，家对我来说已经没有意义。那时候又碰上全家搬到另一个城市，学习跟不上，老师不喜欢我。因为爸那样，我同时恨起了妈，非常非常恨。一个是她对我特别严格，好像从弟弟出生开始，我就不记得她什么时候拥抱过我，13岁这么复杂的年龄，所有怨恨都一齐爆发了。根本无法跟她对话，我也恨她对我的不关心，才会让爸甚至可以要来看我的胸部发育得怎么样。想想就觉得太恨了。

我祈祷，我学习宽容，我学习面对人生中的种种不如意。但我就是这件事情没法儿过去。

亲爱的连岳，25年了，我一个人憋着这个秘密，第一次能写下来。我也不知道说出来以后会发生什么，会更恨，还是会释然。我也不知道。但我的人生就在这个阴影当中过去了一半。不知道你会不会劝我放下屠刀立地成佛。就我目前想来，除非他死了，不然我就解脱不了。就永远在过去埋下的仇恨，和日日相处积累的鄙视当中度过。

水淹土埋

水淹土埋:

见报的是少数，收到的乱伦主题的邮件并不会少。所以虽然没有确切的数据（可能相当难统计，许多当事人并不愿意说），只凭我掌握的这些邮件，也许已经可以推断出性侵自己孩子的群体是一个隐藏的巨大黑暗体。由于中国文化一贯有美化父母及长辈权威的习惯，这类邮件最容易引起读者的愤怒，甚至有些脆弱的人会害怕人类。几天前，我收到一位大学研究生的求助，说是不小心得知有位女同学与父亲乱伦，这位女同学并非他的女友，而他却因此陷于绝望——真是个没用的胆小鬼。

我的底线就是没有底线，没什么事件能够吓倒我，我倾向于认为人什么事都做得出来，人与魔鬼比，是他们在作恶时更有想象力。这个情感专栏给我最大的收获是让我知道真实的人性——我倒是希望这也能让读者收益——这怎么会让人绝望呢？你看，人类从整体到个体，经历过这么多灾难，可照样有这么多可爱的人，人们仍然会寻找爱，这反而证明人性沉沦不了。

为什么要有法庭？因为求公正、求合法的惩罚，这是人类社会存在的基础与信念。我不会劝你“放下屠刀立地成佛”，没几个人能成佛——佛小时候未必受过父亲的性侵——再说放下屠刀的前提是已经有了屠刀，在杀与恕的选择中选择了恕。你没有屠刀，而且有了之后不知道去杀谁，拿着面对空荡荡的前方，杀空气，放不放下都区别不大。

怎么会没有对手，前面不是正站着那个已经衰老的、隐藏在父亲外套里的性侵者吗？你现在年轻、有力量、正掌控局面。是时候快意恩仇了，是时候审判了。

我们对公义的渴求使我们无法安静。遭受不公正侵害的人太多了，像面团渴望烤箱，像腥热的地面渴望一阵暴雨，像冰镇可乐渴望拧开瓶盖后那“嘶”的一声，像安全套渴望一次性爱，像男人渴望女人……人们以这种程度渴望公义。

但是，不幸的是，很多伤害永远得不到公义——你不幸的13岁也是如此——找法律？早已没了证据；在家族内部寻求“家法”的“审判”？家族往往会因为事情太过羞耻而拒不接受这个事实；用语言或行动暴力实施报复？围观者会谴责你而让你失去复仇的快感，曾经的施害者反而以受害者的姿态占据了同情高地。所以有人说有个最终审判，在那时，全知全能者将审判每一个人的每一件作为——当然，我不认为会有这种审判；即使有，我想对受害者来说也显得太迟了。是的，我就是要得出一个冷酷的结论，有些公义，我们永远得不到。有些不幸，我们只能认了，以过得正常、快乐的方式来证明不幸控制不了我们的命运。

那些幸运的人，可能就是因为他们战胜了自己的不幸吧。

我觉得你就快战胜自己的不幸了，如果现实地认识到自己拿起屠刀也杀不了他，那可能就彻底胜了。实施不了的报复才是痛苦之源。先宽容自己吧，受害者不必要背着耻辱感。

祝开心。

连岳

2009年8月18日

# 我不承认瓷器会碎，可瓷器不管我

连岳：

我现在处于一段感情结束后的冷静思考阶段，没有歇斯底里，没有痛不欲生，只是在反省自身。比起追究他到底爱不爱我，我更想知道我到底是个什么样的人。

所以想讲给你听，我到底是幼稚呢，还是自私呢，还是自虐呢，还是真爱了呢？还是干脆就是一个精神分裂患者（呵呵，我是典型的双子）。

我们的发展和大多数恋爱模式都差不多，但因前阵子他的犯案被捕入狱而添了一丝波澜壮阔，我以前女友的身份奔走求助，请律师之类的，放弃了刚刚找好的工作。但是他在没出事之前，一直说，我现在是处于考察阶段，还不能带我再见他的朋友们，因为我们分手的事情他朋友都知道，他怕朋友知道我们又和好了说他没出息。

而我们分手的原因很简单，在一起总是吵架，谁都不妥协。他生气了就不说话，我生气了就闹人。但是分开后又舍不得对方，又隔三岔五地联系。

他对我的总结是，除了爱闹，剩下什么都好。

我做好了他入狱三年的准备，决定从今开始，既能工作独当一面，又要定期去看他，告诉他现在是什么季节，开什么花，吃什么水果，给他讲新闻，拍照给他看，绝不让他三年出来后变成一无所知的傻子。

家里托了一些相关部门的关系，他一个星期就出来了。我本以为，所谓的患难见真情就是如此了，他应该珍惜我，好好和我走下去，可是没想到的是，他坦白说，他在被关押的日子里，想到的只有他的妈妈和生意。完全没有想到我。

不哭不闹，不吃不睡，这就是我表达悲伤的方式吧。他在被关押的时候托律师带给我一句话：对不起，我错了，等我出来再和你解释，谢谢你为我做的一切。后来他出来，我们竟然分手了，呵呵。我问他，你还欠我一个解释，你打算什么时候解释？他说，自由和生命太重要了，三年之内，什么也不想，不想女人。先拼命把生意做起来再说，等我把事业做好了，再来找你。

在我看来，钱和母亲，对他来说，是天大的重要。而我，只是一个备选。我不是他唯一为之奋斗的女人，只是他有钱有资本后，可以供挑选做老婆的人选。

而他呢，家庭、学历、父母都和我的条件不

能门当户对，可是我觉得他很懂事，坚毅吃苦、才华方面都很吸引我，而我似乎又有那种救世主的情结，觉得这么个穷小子在我的帮助和爱护下变成成功人士，我该多么自豪啊！而我，也一直很向往白手起家，共同奋斗的爱情模式。我是不是有点自虐啊？

关于自私，我是个占有欲很强的人，我需要了解他的过去、把控现在、规划未来。所以，不免为了查看手机之类隐私的事情大吵大闹，而他是搞音乐的，人也帅，很招风，总被我发现暧昧短信。他对我的解释是，只是利用，不是真情，和这些女人打交道，是不得已。

而我更好奇的是，我为什么要去爱他呢，为什么要在已经分手的情况下，他出了这等危难我还要去救他？我是在感动自己？我有受虐倾向？我们相处的日子里，吵架多过平静，无数次闹分手，我总是不择手段地挽回，不是为了他爱不爱我，只是不甘心，这种不甘心的驱动力太大了，让我放下尊严妥协，改变性格顺从。只为挽回，只为不分手。你不是对我不好么？我就要挽回来，让你从此对我好，等你对我好了，我再把你踹掉。这就是我当时的想法。

可是后来到了他出事，我怎么还是不惜金钱，丢弃事业地去救他呢？我到底是爱他，还是认为自己这么做很悲壮？我是在感动我自己么？

呵呵，想和你说，我是学编剧的，写剧本的人把自己都给套进去了。现在，我很想跳脱出来给自己上个精神分析课，我是应该去看心理医生，还是只是情感专家就可以解决我的问题？我不知道这是情感问题，还是心理问题。

小剧

小剧:

我一直不太喜欢“患难见真情”“穷人的孩子早当家”之类赋予苦难与贫困太多正面意义的话语(苦难与贫困不少场合还是同义词),我一直觉得,这是有人在骗我们,苦难与贫穷这么值得追求,那你就好好吃苦吧,别像无知的民众一样抱怨:“牛肉在哪里?”政客也不必问选民:“你们的日子过得比四年前好吗?”以暗示对手是个笨蛋。现在隔三岔五还有人出来怀苦日子的旧,把那时说得路不拾遗。我怀疑这是因为那时人没有财物可掉。写这种文章的人,一点也不渴,有你的泪水与汗水可喝,他不率先放弃财产回去过苦日子,就千万别信他。

当然,可能洗脑是比较便宜的治国方法,雇人写文章花不了几个钱,让大家真实过上好日子却不太容易。你作为编剧,也许从职业本能,也愿意人的经历曲折一点,贫穷富裕、苦难安逸全见识过,这样的命运起伏比较容易写故事。但这种命运只能交给笔下虚构的人物,最好不要亲身体会,得向这行的大师莎士比亚学习,他嘲弄富人从不缺词汇,可是凭自己的写作,不仅提升了编剧的地位,还过上了阔日子。

换言之,好的编剧,是看穿人性的人,而不是靠某种流行的“人性教条”下判断的人。爱作为人性的核心,如果对人性比较了解,谈起恋爱来,自然也不会那么纠结,因为“人性教条”总是会和真实的人性起冲突。也许你在写作中会有这种感觉，事件的真实逻辑甚至都会脱离虚构者的掌控，自顾自演义下去。

你是写作之神眷顾的人，所以让你有机会考验自己的情人。坐牢、家族势力、刑罚的轻重、美人（指你）的营救、戏剧性的变化……从此，他知道了“不惜金钱，丢弃事业”的你是最值得爱的女人，王子公主过上了快乐幸福的日子——这不是恭维，他若爱你，你们日子不会差。牢里捞人的能力摆在那里，在这个丛林法则的社会，别人欺负不了你们——最好你们也别去欺负别人。“患难见真情”，这句恋人们只有在小说里才能梦想的桥段，你们竟然真的碰上了。

可是男主角并不按你的想法走。这是你崩溃的原因，戏剧上演了，但结果不是你乐见的。很同情你，不过，我想你可能将“患难见真情”简单理解为：经过患难就得到了真正的感情。“真情”正确的解释应该是“真实的感情”，可以体现为“真实地爱你”，也可以“真实地不爱你”，重点是在“真实”，而非“情”。

刻意制造条件去考验情人的做法都是自讨苦吃，经不起考验的人也许在常态下一辈子都是值得爱的人，你非得摔瓷器证实它结实，那失望是必然的。极端情境下的真实人性就是重击下的瓷器。你的辩解会相当有力：并没有人逼他在牢里不想我！嗯，在牢里都不想你，他真实的感情就是“不——爱——你”，他已经碎给你看了，很真实，你为什么像那些肤浅的人性唯美论者一样永不承认真实？难道不是应该感谢知道了真相吗？了不起气不过把他重新弄回牢里……

祝开心。

连岳

# 将武松与武大折中成西门庆的技术

连岳：

我近期和男友分手了，我想我的问题是……我的欲望，我该怎么解决我的欲望。

我想说的是，我并不是性爱饥渴症患者。原来的情况是，因为各自的工作原因，我们只能在周末见上那么一次，吃饭，然后做这件让人愉悦的事，之后，在一周的其他时间里通通电话、彼此想念，期待下一次会面。可是这种关系，到今年7月戛然而止了，我们分手了。因此这几个星期以来，我夜夜在床上辗转反侧，非常焦虑，当然从网上订购那么个小玩意也许可以解决部分感官问题，可是我更想拥有的是温情的前戏，肢体的触碰，过后疲惫的拥抱，我的皮肤非常渴，它需要温情的抚摸。当然，连岳，为了自身的健康、安全、快乐，我不可能冒着损坏名誉的风险去随便找个路人或者来个网上One Night Stand，这些都不适合我了，我已年过三十，不再是无所顾忌的年纪了。

我想我上哪儿再去找这样一个生龙活虎、身怀绝技，同时他愿意（当然男人也许更容易愿意些）我也愿意接受来共同做这件事的男人呢？嗯！说来说去，最根本的还是“我愿意”这个重点（当然，向我示好的男人总是有的，可都不是我的那杯茶）。连岳！这个问题还是从形而下转成形而上了。是的，我怎么才能找到一个我愿意与之亲近的男人呢！亲爱的连岳，说到这里我得向你承认，我想得到的不仅仅只是Sex。我要解决的不单单是生理问题，这任男友在我生命里承担了太多的角色，情人、亲人、导师、倾听者、安慰者，他是几乎所有的事我头一个想告诉并与之分享的男人，现在结束了，他离开了，这个重要的位置空缺了，我该怎么办？

连岳，要知道很多男人都是非常无趣的（当然，有毛病的女人也不在少数）。有的男人一坐下来与你交谈，便全身软绵绵地倒在椅子或沙发上，像抽了筋的蛇，让人望而却步；有的男人平时游泳健身忙得不亦乐乎，锻炼得身型有模有样，让女人乐于亲近，谁知一有竞赛项目，便佯作病痛，懦弱得让人心寒；有的男人对人对己要求不一，自己在外夜夜笙歌，对女人却要求三从四德；有的生性小气过人，女友一说要去办卡健身，便说出只需做家务时套上沙袋即可，何需浪费银钱之类的话语来，等等数不胜数。当然，让人身心舒适的男士我相信总是存在的，只是距离我很远，没让我碰上或者一定已在他人的怀抱了。正如你说过的，男人的价值介于狗和大象之间，我只想找到一个价值远离狗尽量靠近大象的男人，而这往往很难，因为经历了这么久，好像我也只是碰到了一个基本合格的，结果却还是分开了。

人生是很漫长而又寂寞的，因此我们总是想找到一个我们愿意与之携手共度的人。亲爱的连岳，要知道孤独的人那么多，而孤独又是多么可怕，但我却束手无策，现在的我除了等待和希望，好像也别无他法了。也许我该找个其他的依托，比如去考各种高级专业等级证书、去学学瑜珈、去度个假，转移分散下我失恋引发的情感焦虑，完善、修炼好我自己，让那个适合我的人慢慢地从容地走向已经准备好的我。

阿朱

阿朱：

欧洲的冠军杯联赛又开始了，它的主题曲《冠军联赛》为英国作曲家托尼·布里登（Tony Britten）所写的亨德尔式颂歌，在下半夜打开电视，听着歌声中用不同语言反复赞叹：这些男人！这些冠军！一边去冰箱拿一支啤酒，等开场哨响起，真是这辈子最甜蜜的时光。

男人看球的时候，女人们在干什么？她们在睡觉。重要比赛基本上都是下半夜两点半，女人还是睡个好觉、不影响美容更要紧一些。这个世界就是这样被截然分成男女两部分，然后渲染成不可调和。其实我知道不少女人也在看这比赛，而许多男人在喝完那瓶刚从冰箱里取出的啤酒后，也在电视前睡去，能在进球时惊醒就暗叹自己运气不错、意志顽强了。

实际生活中，男女并无太多的区别，至少不会火星金星——只有女人败金时男人发火，才符合这个标准——种种文化上的区别，只是对"理想化"的描述，男人觉得挣扎着起来看欧冠挺男人的，女人们不想"挺男人的"，所以不愿意多说；而情感被一些男人轻蔑地称之为"女人的事"，可据我观察（可能中国没人比我掌握更多的爱情故事），男人一样为情所困，只不过他们不好意思"表现得像个女人"——谢天谢地，这种情况有所改善。

理想与现实不仅有差距，而且这种差距还被美化地拉大。

明明大家都在地球上，生生被发配到火星与金星。这其实也是每个人的思维习惯，爱情寄托了最多的理想，从有性别意识开始就幻想，可爱情一定得指向现实，最后落在另一个人真实的身上。理想与现实的调和就是爱情的重要技术，非得掌握不可。不然就会沦落成流行的“爱情撒娇派”：现实一旦与假想不同，轻则哭哭啼啼，重则恶毒诅咒。感觉人人都像潘金莲一样惨：理想是打老虎的武松，现实却是卖烧饼的武大。

应该向潘金莲学习的是，现实与理想冲突得这么激烈，也能折中妥协成西门庆——比上武松不足，比下武大有余——毒杀亲夫的手段虽然狠了点，可当时毕竟没有离婚制度，女权趋近于无。随着毒药技术的进步，现在的女性毒杀亲夫比潘女士容易多了，不过我劝你别这么做，不划算，掌握了折中技术，就能慢慢调适到舒服的位置。所谓政治是妥协的艺术，爱情也是；而所谓妥协，就是你得到一些，就必须让步一些，没有一方能通吃。明确自己不能退让的要素是自己找到情人的前提：也许能原谅他酒后乱性，却不能忍受他酒后开车；也许能体谅他家境差，却不能忍受他不刷牙；也许能原谅他没才华，却不能忍受他听不懂笑话……在得到爱的过程当中，其实也是放弃的过程，知道自己更看重他的哪一部分。

从你的邮件来看，你只想要，不停地要，却没有放弃。所以，那个比“情人、亲人、导师、倾听者、安慰者”更多一些的男人，可能永远出现不了。下次你碰见一个男人，即使他看起来不那么完美（比如“全身软绵绵地倒在椅子或沙发上”），也要尝试继续发现他身上有没你特别喜欢的硬邦邦的优点。放弃有时才可以得到——尤其是爱情。

祝开心。

连岳

2009年9月1日

# 没有一台回吐筹码的老虎机

连岳：

您好。

我失恋了。

他是我的第一个男朋友，我对他百分百真心，全身心投入，当然我也清楚，因为我没有恋爱经验，时常会把事情搞糟。

开始时一切都很美好，他对我很“真诚”，很照顾我，有时给我的感觉就像是爸爸，很成熟，会为我着想，并且我们已经见过家长了。他的父母、亲戚、至交好友凡是和他关系亲密的人我都见过了，除了，他的“女友们”。

他条件很好，说白了，就是很帅，当然，我的条件也很好。但不知现在的社会怎么了，美女不稀奇，帅哥异常抢手。喜欢我的人也很多，但是我不要，我认为男女间没有纯粹的友谊，我只要一个异性朋友也就是我的男朋友。我只要一个人喜欢我，我也只喜欢他，两个人是彼此的唯一。当初我以为他是一个想法和我一样的人，但随着我们交往，两人关系渐渐亲密，我才发现，他是一本书，罄竹难“书”！他有过许多女朋友，玩弄过许多人，和许多女生关系暧昧，对前女友还关心着——“希望你过得好”就是我讨厌的类型的典型！

之后挑明了，他才向我坦白，他感情经历其实很丰富，也受过伤，也觉得累了，不想玩感情游戏了，和我好好过。

我忍着极大的内伤，接受了。

之后他回某国读书了（他是留学生）。我们的交流只能靠QQ。我知道他的密码。我发现了不对。一开始，我很难过，我做错什么了吗？导致他不像之前那么喜欢我了？但我什么都没说，我尽我所能做的对他好，希望挽回。并对自己说，别再查他了，忘了吧，做个“快乐”的鸵鸟。后来，他也主动告诉我了，并“拒绝那个追他的女生了”。呼，一切终于烟消云散，花好月圆……是，我就像一个不知疲倦的侦探，破解了他一个个的密码，3个QQ，2个MSN，邮箱……终于让我看到他发给那个所谓“追求他的女生”的分手信。原来我才是第三者。

最让我受不了的是他邮件的内容，对那个女生说什么“你是我的一切”“我从没爱得这么辛苦、这么累”——滚，和我逍遥快活的是谁啊？在家衣来伸手饭来张口的是谁啊？就算没有我，据我所知，他们交往时他莺莺燕燕还多着呢。苦个鸟，累个屁啊！什么“也和那个女生分手了”——我连名字都没了？可是对着我又说：“她凭什么让你难过？我来解决……”我觉得他简直是世上最恶劣的骗子！一句真话都没有！对每个人都不是真心的！

我一怒之下，把他所有的证据发在了他的主页上，包括我们交往前，他前前女友都不知道的劈腿证据……那天，我说了很多狠话，做得很决绝，“你很恶心”“你也就姓W这句是真话”“你如果要脸以后离我远一点”……删掉了我们之间的一切。

现在，又一个礼拜过去了，我冷静了下来。我觉得自己有点过头了。首先，严重侵犯了他的隐私，自己看还不够，还发到网上，扮演了“阿娇”和“奇拿”的双重角色，不管怎么说，对他名誉和精神造成了严重的伤害。其次，我好像也发火发过了头。其实，他只是分手信写得“虚伪”了点，好听了点，因为毕竟是“我们”对不起那个女生，他劈腿，我才是第三者。最后，我仔细回想，之前我们的一切不能说都是假的，我们是要结婚的，毕竟一家老小都见过了，而且我也的确是他第一个带上门的女朋友。

之前我想斩断情丝，开始新生活，忘记他，

当自己不懂事遇到了个骗子。

可是，我现在很矛盾，我觉得我们应该听听双方的真实想法，好好沟通一次。

可是，我们分处两个国家，我也已经说了那么决绝的话，他也真的不找我了，去“冷静一下”。我又不好意思主动找他，就这么结束我又实在不甘心。

我现在每天就是等等等……望您帮帮我，谢谢!

M

M：

因为文章后面要说众人期待的坏话，所以先说几句好话。

首先，如你所言，你有一个优点，是美女。在姿色黯淡之前，凭着这个，男人会像一家不上锁的银行，让你予取予求。所以失去一个男人，又只是初恋，并不是无法弥补的损失——顺便说个八卦，一位朋友，听我这么说，就信心百倍出去找帅哥，要求取，结果这些银行全上了锁，她来问责，我看着她，想了又想，只好对她说：多喝水，多喝水，你当务之急是多喝水。

“他妈跟喝水有什么关系？”像一个好不容易打进售后服务热线的人那样，她真的很生气。我也像那些接线生一样态度恶劣：“这样才能快点撒泡尿照照自己！”

你第二优点是具有优秀的破解能力，这在网络与骗术横行的时代，能为自己找一份好工作。不一定要从事窃取密码这一行，可以求职于防窃取职业，病毒制造者对杀毒软件公司肯定有帮助。虽说美女不太需要工作，可是有工作的美女更具有杀伤力——男人会觉得她不缺钱，真是爱他的才华与气质。于是为了表现自己不是捂着钱包的土财主，就给得更大方。

好吧，开始讲坏话。那就是，为什么不可以突破底线？

窃取对方机密，最大的教训来自尼克松，他只不过派人往在野党的办公楼里安装窃听装置嘛，多大个屁事，换成许多地方，这么小的错，犯了都不好意思。20世纪70年代的美国人已不这么认为，这种滥用权力的总统，马上失去了民众的信任，成为美国历史上首位辞职的总统。

设想一下，如果尼克松觉得当总统真是不错（一定是这么觉得的），很想回白宫，到处跟人说，忘不了当总统的好处啊，我访问过中国，中国人说，好马也吃回头草，我想回头做总统了——排除法律与程度上的因素，你觉得这有可能吗？当然不可能，草愿意被他吃，草他妈也不答应啊。

突破人人不可接受的底线，后果就是信用永远无法挽回。

你不会像尼克松那么惨，你只不过是在初恋男友前失去了永远无法挽回的信用，对其他不知你失态事迹的男人来说，你仍然是他们尚未认识的美女，只要此次初恋所犯的错误不再重犯，那应该会比这次开心。

你承认自己身兼“阿娇”与“奇拿”，那就更别等了。我来换个公道一点的比喻，如果爆炸性的新闻发生，证实“奇拿”就是陈冠希，他即使事后觉得这些女主角其实还是值得再爱的，可能也不会有复合的奢望吧？

不能以一句“我冷静下来了”，就指望时光倒流，暴力犯罪、杀人强奸事后往往也会“冷静下来”，这不可能用来做无罪辩护。在老虎机前狂热地输光了钱，冷静下来，它就把筹码全吐回来给你？

别做“冷静下来”无法挽回的事，这又是一个底线，美女也不能跨这条线。你的降温时间是一周，试着下次抓狂时给自己一周时间过渡吧。

祝开心。

连岳

2009年9月8日

# 爱的意志胜利

连岳：

我和他相爱十年，结婚三年。我们的爱情十年非常精彩，没有虚度一天。如果一直这样下去，我们会是坐在公园的老头老太，手牵着手看着落叶，聊着明天的菜单，或是回忆我们年轻时的旅游经历。

但是我对我们是否要一直这样下去产生了怀疑。因为有两个原因：

一、我讨厌婚姻。

从5岁到29岁，我都从来没想过要和任何人绑定在一起。并且，我觉得婚姻这种两大家子结合的爱情生活模式无聊透顶。

三年前，我们之间爆发了一次争吵，太恐怖了，结局是他威胁我不结婚就分手。我很爱他，无法分手，但我不爱他的家人。最终，经过仔细权衡，为了对他的爱，为了让他觉得更幸福，为了给他一个名分，我同意结婚了。

但是我们商定，婚后不和两家的家人亲戚等

有太多来往。还好我们在上海，得以保持了两人的私领域。综合以上，我勉强接受了结婚这种模式。我心里藏着羞耻感和他一起做完登记、录像、摆酒等结婚仪式。不想再回忆。对此我唯一的欣慰就是：他很开心，四个父母很开心。

直到现在，我的同事朋友都不知道我已婚。我非常、非常不愿让任何人把我和哪个男人（或女人）绑定在一起。我是单独的个体。不是谁的妻子。幸而他非常体谅，也对外宣称我们是男女朋友。我们在外面从来没有用过老婆老公等“恶俗”的词（对不住天底下的广大夫妻同胞了）。

我们还会一直这样下去，在别人表示“你们怎么不结婚呐，赶快生小孩呀”的疑惑之时，保持微笑就行了。对了，我不想要小孩。已经和他达成一致，我的父母已被我搞定（他们本来就很开明情商高），他的父母难一点，但还在可控范围之内。偶尔他的父母催促，他也抢过电话自行搞定不让我为难。

二、他不是我社会生活的延展，而是相反。

总的来说，他不是那种特别优秀的男性。他的优点是温和、沉稳、耐心、专一、温暖，属于居家好男人。缺点是木讷、笨拙、单纯（贬义那种）、无上进心、能力差，一直失业无赚钱能力。对不起了 ×× 我这么写你的缺点。我承认这些缺点造成的原因我也有份。我比较健谈，比较强势，还有野心，他已经习惯看我的眼色行事（作为女人我是够失败的）。但我至少能赚钱养家。

如果不是用我们的事业、未来、经济保障这种严肃的命题逼一逼他，他每天的生活就是睡觉、吃饭、看电视、看股票（他炒股基本不行）、做家务。好似乐得颐养天年，心情健康阳光得不得了。我叹气。

任何事情，我都不能依靠他。往小里说，他表达能力也差，和朋友说话经常要被人打断，因为他说话实在慢，而且中途总有一些不得要领的停顿，感觉他的思维很慢很笨拙；一些小事也总是搞砸。往大里说，我们的财务出问题了，他帮不上忙；事业没有着落，他帮不上忙；家庭的经济来源在哪儿，他帮不上忙；以后要是哪个父母生病需要花很多钱，他也不会帮得上忙。最终，都是要靠我。我来担这些心，想方设法去努力。然后管理他去实施。在实施的过程中，他做事情也总不能令我满意，效率低不说，连标准都低。再叹气。

有时候我太生气，就会想，我到底还要不要和这个男人在一起一辈子。

以上两点，第二点不是造成第一点的原因。第一点也没有对第二点造成影响。他们平行作用。

感谢他在第一点的努力，让我生活在能呼吸的空气里，和婚前同居没有两样。但是第二点他令我绝望，他不能尽到一个同居者对我们的未来共同买单的责任。

是的，我们很相爱。你说相爱就是爱他的一切，他的一切好和不好。但是我很累。我爱他，心底感激他给我倒的2300杯水，陪我度过的无数个开心或绝望的日夜。但是我们没有事业，没有赚钱的能力，没有安全，更不能照顾好父母。我有时候厌倦他的无能，厌倦他的拖累。我有罪。

有罪

有罪:

“婚姻”这两个字，我们习惯把它当成单纯得不可分的概念，所以讨论往往没有后果。婚姻跟人一样，从品质到形式，能排出长长的等级。在一个扁平单调的时代，婚姻也只能扁平单调，在磨盘里，什么都会变成粉末；在冬天，无论种下什么，都别指望收获；三天不洗澡，挑选香水就没有意义。我要做的，就是恢复婚姻的等级制度。或者说，将人的婚姻与奴隶的婚姻区别出来，让人做选择。

婚姻有满足性欲、降低生活成本、解决温饱等功利因素，但只追求功利因素的婚姻就是奴隶的婚姻，这类婚姻要将人变死，以提高利润率。一个女人婚后就必须努力劳作、拼命繁殖、取悦长辈，最后便宜地死掉（不能生怪病大病耗费金钱）。农耕时代，女人无法逃脱这种命运，除了少数幸运儿在妓院碰上会写诗的客人（多年前，有个朋友，光顾色情业，起了文艺复兴的念头，要给小姐介绍一份工厂的工作，差点被人笑死）。现在的女性（尤其是都市女性）已经可以打破劣质婚姻，不过由于习惯或者缺失爱的教育，许多女人还是自觉地将自己变成死人，正如多年的囚犯害怕自由的生活。

人的婚姻是什么？是你在里面仍然活着，甚至变成了一个新人，这是爱的意志的胜利。现代人在爱情里面学到的东西，可能多于他在大学得到的知识。一个好的社会，它的种种制度都有利于提升人的品质：法庭给公正，让人放弃野蛮的私刑；新闻给真相，让人不轻信流言……举个例子，比如前不久日本大选，民主党战胜了统治日本半个世纪的自民党，在相关新闻报道中，日本选民一般也认为民主党上台无法马上解决经济停滞等难题，尤其是毫无执政经验的党派，但是，他们最后会说："但是，不给他们机会，怎么知道他们有没有能力？"——这就是某种机制能消解失望与悲观，给人带来信心与希望。它让新取代旧，让你改变的力量释放，从而避免对抱怨与憎恨毒品般的成瘾依赖——正如许多奴隶婚姻的老女人、老男人，他们日复一日地厌倦和咒骂，失去了所有爱的意志力。

好的婚姻，人的婚姻，在等级系列上层的婚姻，这种制度能让你在其中体现爱的意志力。有意思的是，两个活人的婚姻，其稳定系数必然小于两个死人的婚姻——它百分之百稳定，除了死亡将其终结——爱好稳定的人于是会否认人的复活，让他们继续死人的生活吧。不稳定是婚姻活力的源泉。当初你爱的人，如果他失去了他的活力与意志，或者他放弃了生长持续使你爱他的魅力，那么，你现在可以不爱他了。失败的英雄仍然有很多人爱。西西弗斯每天把石头推上山，晚上石头又滚回山底，从事这么无聊且毫无前途的工作，他仍然相当迷人。为什么？因为他们的意志力不死。有些人可以被毁灭，但他的可爱性不减。我不认为每个人都可以成功，但认为每个人都可以让自己变得可爱一点。

而正当地、恰当地表示对他的失望与厌倦，这危机感可以唤醒他的意志，这是有益的，并非有罪的。

祝开心。

连岳

2009年9月15日

# 光阴的故事（四）

连岳：

你好！

老公是你的拥趸，最近刚买到《我爱问连岳》第三期，其中《来上一节悲剧课》给我触动颇深：我不是给其中展现出来的人性丑恶给雷到了，而是，终于有人来信讲到了这个话题。

我也有过类似的遭遇。当时我应该还只是初中吧，从开始的惊恐到愤怒，到给老爸写了封措辞严厉的信……我忘了历时多久，但不会太长时间，或许是我的信起到了威吓作用，起码，给自己换来了比较平静的生活。但是，心里还是有很深的阴影。

高中毕业，我义无反顾地在重点大学志愿栏里清一色地填上了北京院校。也如愿以偿，离开了家。每次假期回家都很短暂，我都缠着老妈跟她睡一个屋，因为久别重逢的缘故，合情合理，无需解释。毕业以后到外地工作，回家的时间就更短，也是跟老妈同住一屋。后来结婚了，就带着老公回去。我没有跟人倾诉过自己的遭遇，白天看小说，夜里自己给自己疗伤。我不能确定自己什么时候开始走出阴影，只能说离开学校的时候，我已基本恢复正常吧（已不再纠结于这些让我窒息的往事）。

前两年，老姐因为婚姻出了非常严重的问题，也有一度回到家里居住。期间跟老爸爆发了很激烈的矛盾，在我询问她的时候，她告诉我她受到了骚扰（言语上的）。你可以想象我的感受，没错，是恶心。但是我没提自己的经历，等我略微平静些后，安抚了她，另外建议她注意回避，并尽快用最合理的理由搬出去住。其中的利害关系，她比我更清楚（毕竟我生活在外地，而她的工作、生活都在那片土地，更何况她还有自己的家庭，受伤面会更为惨重）。后来，她搬离了。

我劝慰自己，同样也劝慰老姐，要常记着老爸的好，要抹平他对我们的伤害。尽心尽力尽孝，同时，要严密地注意自我保护。我跟她都做到了，也没再讨论过此事。本来跟老公也没提过小时候的事情，在老姐哭诉她的遭遇的时候，我的心情比较激荡之下，对老公如实讲了我们姐妹两个的情况。我老公只说了一句：可怜的。紧紧地抱着我。现在，我们一家人的关系非常好，没有仇恨，相互关怀，其乐融融。

对于那位小妹妹，我也没有资格说，你谅解你父亲吧……有且仅有被伤害的那方有资格决定谅解或者不谅解，外人是没资格替她去做决定的（当然包括我）。我只能说，作为一个曾经被较浅伤害过的人（仅代表我个人），有很长时间，我同情自己。直到我慢慢长大，我才发现，原来伤害过我的人，其实他更可怜：他是情欲捆绑的奴隶，他是一个没有自由的人。自由不是想做什么就可以做什么，如果自由是这个定义的话，吸毒的人是自由的，想吸就吸（只要钱够就行）。但是，反过来呢？吸毒的人知道这样会毁掉自己，但是他能不能不吸呢？不能。所以他貌似自由，但其实是被捆绑的奴仆。真正的自由是对的事情（如行善）想做就可以去做，错的事情（如作恶）想不做就可以不做。

其实我想说的是，人性的黑暗不属于某个人或者某群人，而是人人都有的，有的更黑一点，有的浅一点，有的更多一点，有的少一点……从绝对圣洁的标准来看，五十步笑百步吧。越是了解人性的黑暗，越是珍惜人性中的亮点；越是了解人性的黑暗，越是对人（对自己也对他人）更多包容（注意，我说的是包容，不是纵容）。如何保护好自己，制止作恶，切实地帮助人，是需要很多很多的爱和智慧的。相对于切实地帮助别人

（尤其是伤害自己的人），保护好自己相对来说更容易一点（其实一点都不容易，仅仅是相对意义上的）。

最后想对那位小妹妹说：蝴蝶经过蛹的挣扎才能长出一对如画的翅膀，无论是呵护你的人，还是伤害过你的人，都是帮助你拥有一颗强大的心（过程可能会很残酷，就像你的遭遇一样）。你经历的的确是苦难（正如你自己所说），但希望你能透过苦难，看清楚背后祝福的实质（你挣扎出来的翅膀会比许许多多没经过这种苦难的人更强更大更美）。愿你走出黑暗，你的未来，会很灿烂。祝福你。

一个神叨的中年女人

一个神叨的中年女人：

去年有三期《光阴的故事》，今天的，也归入这类吧。

你的这封来信，是我一直在等的。

“性侵女儿的父亲”，这种故事已经一再出现在这个专栏里。你的来到，可以让它们终结——会继续收到这类邮件，也会回复——这个终结指的是悲剧的破解法，指的是H1N1流感找到疫苗：H1N1还会感染人群，但有疫苗，人们就不怕了。

弗洛伊德用他的俄狄浦斯情结解释一切（或者确切地说，他的追随者万能化这个分析工具），父亲作为压抑性欲的威权形象，是儿子的命定敌人。作为心理学的重大突破，精神分析的出现显得如此荒诞不经，希特勒当然禁止了这种学说。而精神分析作为报复，用俄狄浦斯情结分析了希特勒——他一生只在母亲去世时哭过一次，这是恋母；他违背父亲的意愿，拒绝当公务员，这是反抗（杀父），不幸的是，他成为一个不成功的穷画家，再次转型投身政治，更不幸的是，他成功了。统治德国以后，他精妙地模仿了“父亲”，是一个有绝对权威的父亲，正如纳粹口号喊的：希特勒就是德国，德国就是希特勒。

上面一段太像掉书袋，因此容我解释一下，“性侵女儿的父亲”，如果要为人生（至少是爱情）找一个悲剧原型，它最适合了。父亲的形象在中国传统的权力结构中，最为强大正确，而性侵女儿，从来在中国的伦理标准中，视为极恶——因此没有运用文字策略美化的可能，比如大量暴力倾向的父亲可以描述为“严厉”——这其中难以填补的裂缝，受害者根本没有勇气去填补，甚至旁观者想起来都有恐高症。创造生命者与性侵者一体，更让受害者有自身血液不洁的“血统论”怀疑。对施害者的惩罚也一并惩罚受害者，惩罚在此时失效，它并不能带来报复的快感与法律的公正感。

弗洛伊德的父亲与性侵原型中的父亲，它们的共同点是，等着被反抗。只不过前者反抗不成功只是分析意义上的，甚至成为“父亲”也不丢脸（除非变成希特勒）；而后者若无反抗能力，就走不出悲剧。在外援很少的险境中，只有受害者最终有了力量，才能反抗成功。

爱情中，可以铁口一次的就是，我们一定会碰到不爱的事情，甚至是悲惨的事情。或大或小，总会有一个压迫者需要面对。当你有了反抗的力量，你才可能得到爱情。

有些话，只有经历过苦难的人，说起来才不显得矫情，很开心今天有人说了：

越是了解人性的黑暗，越是珍惜人性中的亮点；越是了解人性的黑暗，越是对人（对自己也对他人）更多包容（注意，我说的是包容，不是纵容）。

无论是呵护你的人，还是伤害过你的人，都是帮助你拥有一颗强大的心（过程可能会很残酷，就像你的遭遇一样）。

这些证明苦难世界存在幸福快乐方法论的人，应该怎么感谢你们呢？

祝开心。

连岳

2009年9月22日

# “也许”的智齿

连岳：

你好啊。

我今年19岁，在离家乡很远的香港念大学，不特别好不特别坏，算是一个还蛮乖的孩子。称自己为孩子，是因为今天想讲的事情大多数关于我的父母，和我作为一个孩子的无所适从。

我觉得生活中一个比较大的无奈就是，你以为会不同的最后并没有不同，就好像穆旦说的：“这才知道我全部的努力不过完成了普通的生活。”以前以为有些俗套的故事自己一定不会经历的，最后发现肥皂剧其实就来源于最真实的生活。这种故事你一定听到过无数遍。

我出生在一个城市近郊的小县，小时候家里很小很逼仄，但是在那个小小的家里度过了长这么大唯一一段称得上一家三口其乐融融的日子。爸爸算是个有上进心的人，所以靠自己打拼去大城市做律师，到后来自己做合伙人开律师事务所，慢慢家境好了很多。那段时间其实爸爸没有和我们住在一起，当终于我们有足够的钱搬家到市中心的时候，很多事情却发生了微妙的改变。10岁的时候半夜被他们吵架的声音吵醒，13岁的时候隐隐约约知道爸爸和他的秘书在一起了，某天在家里和妈妈大吵一架就离开了家。于是他们离婚了。

写到这里我都觉得故事很烂。那年爸爸39岁，某女26岁，充分说明13是个不吉利的数字。呵。后来爸爸和她分分合合，我也习惯了只在周末和爸爸吃吃饭的日子。上高中后就很忙，忙着念书也没有太关心那边发生了些什么。直到后来高考完了，爸爸才告诉我他们已经结婚了，而且某女还怀了孕。其实这个我比较不能接受，长到19岁的年纪，突然多出一个弟弟，多出了一个只有在小时候我不乖爸爸妈妈威胁我的时候才会出现的弟弟。爸爸会有意无意地说弟弟多可爱多好玩。爸爸在某女怀孕的时候还把我带到那个家去说是看奶奶，结果我觉得自己在那里很白痴，那不是我的家，何必让我那么尴尬。

我不只是因为我妈妈是我妈妈才觉得她是个好人，还因为她本身就非常温和善良。也许和年轻的人在一起能感受到更多的乐趣，但是人都是要老去的，没有办法欣赏一朵花的枯萎，也许根本不是真正的爱。在这样一个小三转正的故事当中我没有办法正眼看这个用青春换别墅汽车漂亮衣裳的姑娘（我不觉得她爱我爸爸，这也许是我的偏见但是我实在无法不这样想），可是我必须面对很多现实。

也许是我懦弱，我无法像认识的一个哥哥那样对小三恶语相加，我只能带点逃避地对她的存在不闻不问不理，我不想为难爸爸可是也保护不了妈妈，有时候真的觉得自己很没用。还有那个凭空多出的弟弟，我真的不知道该怎么办，我不可能逃避他一辈子。虽然我非常憎恶小三，但既然她转正了想生个孩子我也不能跳出来说她没这个权利因为我爸爸快五十岁了而且还有我这么一个争气的乖女儿，不需要她再来操劳我爸。而且小孩子其实是蛮无辜的，某种程度上我还挺同情那个弟弟的，他没有我这样善良单纯正直的妈妈，他没有我对爸爸最好年华的记忆（也许也是我的自我安慰吧）。

我不知道对这个女人和这个弟弟应该采取怎样的态度。有时候我觉得我其实也很脆弱，可爸爸不在我的身边还要抛给我这么多难题。从小到大我都很努力让爸爸妈妈开心，我好好念书我已经住校七年了，我拿到奖学金我总说在香港过得挺好的，可是为什么我这么乖了爸爸还要这样对我，他能经常陪在小弟弟身旁，可是已经看不到我在异乡的奋斗了，也许这种失落和小小的妒忌也让我不能心平气和地看待一切。我不知道怎样才能减少自己的伤心，我真的很想能将一切举重若轻，洒脱而坦然地过自己的生活。

好晚了，先写到这里~我不知道你会不会有时间回复,如果可以的话,希望至少能回复一个“已阅”，让我知道，我也给连岳发过邮件啦。

愿快乐每一天。

★小星星★

★小星星★:

你的邮件了不起的地方在于，在自己的怨恨与不解后面都会加一句：这也许是我的偏见；这也许是我自我安慰。

这个“也许”，就证明一个人开始长智齿了；证明一个人有了理性可以生长的土壤。而且，你才19岁。看来香港的大学教育初步是成功的。有些朋友的孩子高中毕业，我都会多事地建议他们：把孩子送去美国念大学；那么远舍不得，至少也得到香港。

长智齿变聪明，这当然没有科学依据，顺着这个比喻说，有人到了29岁，39岁，49岁，都还不会说这个“也许”，只有到他们临终前，才哭着说：“也许，我不会死的……”遗憾的是，唯一这次“也许”都怀疑错了。

人不是尺子、天平，不是收银台的读卡机，人天生是偏见动物，他有情绪、有爱恶、有固执、有短视，也许人人皆醉而他独醒，也许人人皆醒而他独醉。对偏见有所认识，或者主动寻求某种机制控制自己的偏见，这是一个人文明的开始，这样的人多了，是文明社会的开始，所以要有讨论、有争执、有不同观点，对爱情，也要有不停的追问。

事事顺着自己，人的理性长不出来，永远只有一个人在发言，结论就不太可信。到长大了，才发现，世界上有大量的人自己很讨厌，他们的价值观与你不同，审美观与你不同，他们一周不洗澡，或一天洗七次澡，他们割包皮，他们只为钱而结婚，他们没钱也结婚，他们在嘴上假装寻死觅活实际上苟且偷生，他们什么都不如你而却活得什么都比你好，他们因为你的快乐而悲伤，还会因为你的悲伤而快乐，他们与你的差别，就像你与狗的差别一样大——而根据力学原理，我们怎么烦他们，他们就怎么烦我们。谁也无法灭了谁。

你不喜欢爸爸的新老婆，你无法接受爸爸的新孩子，你觉得他们的爱情不纯洁，若他们不幸，你一定会开心——这从情绪上完全可以理解，怨恨能发泄，也有利于情绪健康。理智不应过度压制情感，尤其是这情感只是在心里想想，在一封邮件里写写。

但情感不能淹没理智。要穿着“也许”这件救生衣在里面游泳。你父母的婚姻，两个都已同意终结，主角谢幕回家生儿子了，你这个观众还坐在那里流泪。入戏太深，这种情感已经不健康了，19岁，应该开始自己的感情生活，去恋爱，去失恋，甚至去抢一个男朋友，梦想与一个男人生自己的孩子。这个年纪，就是父母拉着你诉苦，你的眼睛也要盯着自己的美好未来。沉浸在父母过往的失败婚姻中，这是撒娇的变种，这种酸性液体过多，会把你那一点点“也许”的理性幼苗给弄死。接受你父母的选择，尤其是这种选择早成事实，接受你爱的人也可能会伤你的感情，接受两个好人也会分开。也许，这样你才能把心思放回自己的身上。

祝开心。

连岳

2009年9月29日

# 小姐的爱情困局

连岳：

我的职业并不高尚，一家夜总会的经理，收入是白领阶层，我在工作中与很多男人打过交道，所以我不相信世上有真正的爱情。三年前我还是汽车站的乘务员，是一个天真的女孩，为了我深爱的男人不顾父母反对辞去工作远走他乡。三个月后我们平静地分手了，原因是那个男人吃软饭，我即使有再丰厚的存款也让他挥霍得干干净净。朋友们知道后都骂我傻，但我并不恨他，是我对这个社会不了解，让别人卖了还心甘情愿地为他数钱，这是对我的教训，所以我并不怨恨。

刚刚分手时，我痛不欲生，没有了平时的洒脱甚至还割腕自杀，在昏迷中我打电话给他告诉他我割腕了，电话那头却告诉我："你应该将浴缸放满热水将手腕割破后放入浴缸这样死的时候舒服点。"这时候我才如梦初醒，他不爱我，我只是他的提款机，后来我在那个城市举目无亲身无分文，只得做了"公主"，我怨恨所有的男人。

我的夜总会姐妹们强颜欢笑的背后都有一部血泪史，中秋节大家聚会都喝多了，每个人讲完自己的经历后都号啕大哭，就这样我把我的故事讲给她们听完后姐妹们骂声一片，当然她们全都是冲我来的："幸亏你是第一次动情开始养小白脸的，要不然我真想揍你。""这年头有谁还蠢到自杀，妹妹醒醒吧，赚钱找个爱你的男人才是硬道理。"……

这样经过了三年见识过无数男人，中间也谈过几次不疼不痒的恋爱，在今年五月认识了我现在的他，第一次见军就是在店里，我们店有一个嘴很臭但人很好的客人，人送外号"鬼见愁"，他见到我每次都硬拉我去喝一杯，每次我都硬着头皮和他寒暄，敬完酒逃也似的冲出房间门，但是这次他带来的朋友中有个文质彬彬的哥们主动和我喝酒，我对军的第一印象并不好，和"鬼见愁"一起来的人即使披着再好的一张皮也不是好人。喝完酒我走出房间他追出来要了我的电话号码，我给了他一个快欠费停机的号码打发了他然后就去安排他们房间选台的事，其余的人都选完了小姐只有他死活不选非要我作陪，这使我对他的印象更加恶劣。

两个小时后把他们送走自己长吁一口气，在监控器里我看到他们开车走了只有军又转身回来了，接着连玩三场，在房间里只有我们俩，在聊天的过程中我了解到他的家庭、理想、经历，我们在这六个小时里聊得很多，后来我们频繁地联系接触，后来我们同居，每天如胶似漆，我知道他是有家的人，我也不能强求只是心里有份不甘心，我相信他是对我真心的。但是我怕了，我不知道爱下去的结果怎么样，会不会像第一次一样，那样心痛。

露露

露露：

职业很难说高尚与低贱，小姐也可以爱国。许多国家小姐都选上议员了，足以证明任何职业都应该有自己的代言人在高尚的议会发表自己的主张。

但是代表小姐阶层的议员只会是议会的点缀，而且永远不可能当上总统。

这是任何小众阶层的正确位置，有声音，但占据不了统治地位。不允许小姐参选的国家和小姐当了总统的国家，都属于异常。

小姐在我们国家，数量不少，是人人知道的不存在的存在。我是希望早点承认其存在，这样可以保障大家的利益，尤其是小姐们的。

闲话少说，回到爱情，爱情是任何人都剥夺不了的梦想，它和当议员一样，得遵守一个规则：站在正确的位置上，爱情才是爱情，爱情才能活着。

你说你不信世上有真正的爱情，你说夜总会的姐妹们强颜欢笑的背后都有一部血泪史。这两者是互为因果的，正因为受过伤，所以害怕爱情；正因为不信爱情，所以能安心于本职工作。

我来开一家夜总会，一定先洗脑，告诉小姐们，世上没有真正的爱情，你们的不幸就是例证，每天接触的“鬼见愁”男人轻易便可摧毁你们的春梦。这套说法因为契合你们的悲伤，多说几遍，会变成你们的语汇，姐妹中有谁动了爱心，往往会招致嘲笑。

人与动物不同，驯化的重点是脑子先糊涂。小姐不相信爱情，最有利老板的利润最大化。赞赏奴隶制价值的奴隶，最节约管理成本。爱情是分裂势力，小姐动不动爱上客人，替情郎省钱，辞职跟情郎结婚，会动摇夜总会的稳定大局。

而那些最漂亮的小姐，是客人诱拐的主要目标，这些客人，反而会让你相信爱情。小姐与客人当然能产生爱情，不过概率不像文学作品中那么高。但我相信，客人像你的军一样，尝试着跟小姐谈爱情的，一定不少。

为什么呢？你看，六个小时的聊天，让你这个“不相信世上有真正的爱情”的姑娘，成了他固定的性伴侣，这比起上夜总会，成本低了很多，至于性之后有没有爱，那只有天知道了。正如你们不会相信夜总会里的男人有爱情，夜总会里的男人也不会相信里面的女人有爱情。

爱情是社会结构，有其无法摆脱的功利、势利因素。在客人与小姐的情感关系中，为了避免面对强大的家庭及社会压力，成为法律认可的伴侣基本不在其考虑选项，男性会认为这种婚姻降低了自己的社会评价，断送了往上爬的可能，可有个这样的情人，却会得到旁人的羡慕。你只有义务，却没有权利。

小姐当然应该相信爱情，也当然应该有爱情，但是也应当知道自己的正确位置，自己在夜总会也许可以得到男人的追逐、崇拜、金钱与肉体，但是，这并非爱情适宜发生的地方，除非你愿意以地下情人作为自己的最终目标。

我的建议是，赚够了钱，早早换个地方改行，个人史慢慢淡化后（这有利于别人接受你），在正常环境下找个男人相爱。

祝开心。

连岳

# 搞不定父母的，幸福指数必然较低

连岳：

我是一个普通的人，但我的父母始终不这样认为，他们觉得我是一个明明可以做到很好，但却只做到了一般水平的人，所以我从小就对一个词很熟悉：不求上进。我考上的是一所普通的大学，我没有拿到过奖学金，这四年来，他们对这两点一直耿耿于怀，我想，确实是我不够努力。去年我复习考研，这对我来说几乎不算是一个选择，这是一条计划中的道路，我又是一个逆来顺受的人，在长期的熏陶下也觉得这样挺好，实际上现在回想起来，我对自己不够负责任，我根本就没有好好地考虑过考研和就业哪一个更适合我，就像一个走在盲道上的瞎子。

结果很遗憾，我没有成功，但客观地讲，我为此付出了很多。这件事对我是有打击的，我很少谈及，只是在路过当初奋斗过的教室时心很痛。不过这件事对我父母的打击超出了我的想象，我在告诉他们这个消息之后，我收到了我母亲的一条短信，是她同事的女儿的成绩（显然比我要好）。接下来便是长达数天的不吃不喝不睡觉，父亲抓着电话冲我大吼，说我要把这个家折腾散了。呵呵，我不知道该说些什么，其实我也很难过，我也不想的。我很庆幸我有男朋友，给了我很大的精神支持，他以我的口吻写了一封很长很长的短信发给我，要我发给父母，大致内容是告诉他们我为此付出过怎样的努力，我所受的打击，以及在这个时候最需要的是家庭的温暖而不是指责。我对他说没有用，我很了解他们，如果能改变，早就变了，但在他的一再要求下，我发了，结果如我所料，没有用。现在回想起来，那个时候我觉得非常非常无力。

我的男朋友，是个很好的男孩子，聪明上进，个性沉稳，心胸豁达，我们感情很好，但是在我们头上还是有一片隐形的乌云，就是来自双方家庭的反对，原因很简单也很复杂，总之很世俗。虽然我们很少提及此事，但它所带来的沉重还是挥之不去的。在春节期间，我每天面对的就是威逼和利诱，挑拨和瓦解，呵呵，情何以堪啊。两个相爱的年轻人难道应该为了父母假设的那个凄惨的未来而分开吗？我已经成年了，在选择人生伴侣的问题上难道还要被如此粗暴地干涉吗？我知道答案，但我不敢问。

后来这几件事情慢慢平静下来，父母对我的态度也有了一些缓和，现在面临找工作的问题，之前有过一些机会，但由于种种原因失之交臂了，我刚开始可能没有清醒地认识到形势的严峻，造成现在高不成低不就的局面。我比较心急，是因为如果我在毕业之前没有找到工作，意味着要回去重新复习考研，这实在是一条我不愿重走的路。说这样的话，我耳边就会想起父亲那一句“没出息”。或许真的是没出息，都不敢说一句“哪里跌倒哪里爬起来”的硬话。现在又有一个机会，我前几天到一个规模很大的企业面试过，挺顺利的。我母亲对这件事很不屑，我忤逆地说一句，她是一个虚荣的人，她觉得这样的地方拿不出手。其实平心而论，我也觉得工作地点不理想，那里很偏僻，周围都是工厂，如果选择这样的地方，就意味着选择了一个非常枯燥的生活。但我的重点是，我需要一个独立思考的空间，权衡利弊，做出选择。

这封信可能怨气太重，和我刚刚挂掉家人的电话有很大关系，也是一时的情绪。我是父母唯一的孩子，他们非常非常地爱我，给了我力所能及的一切，付出了全部的心血。这是一个无比巨大的道德压力，几乎可以压碎我的一切不同意见。我这样的苦恼可能不算什么，每个人的生活都有不如意，都有束缚。我想我只是需要一个出口，说出来就好了。

连岳我知道你也看美剧，我一直在追GA（《实习医生格蕾》），有时候看到与Grey儿时的经历有关的剧情时，我会哭得很厉害，虽然并无相似之处，但有一种感同身受的伤感。并不是每个人都有你这样的勇气和才华可以向传统宣战，我是个平庸的人，逆来顺受的人，我能做的就是对着这样的一个邮箱喋喋不休，以及幻想着如果我自己有了子女如何给他们一个轻松的成长环境。

Kid

Kid:

先来个好消息给父母们省一点钱。

在美国每年卖两亿美元的“宝宝爱因斯坦”“宝宝莫扎特”一类低幼教育DVD证实对孩子有害无益，孩子看了它们，在七岁以后不容易集中注意力。爱因斯坦与莫扎特小时候也看此类节目，可能也就没有爱因斯坦和莫扎特。出品商迪士尼公司将退款给近五年来的消费者。此类节目，在中国也有不少粉丝，是时候醒醒了，买的不是D版，就赶快去退几个钱。

父母们都认为自己的孩子是天才，这几乎是人类通病——可能正因为如此才愿意繁殖吧？一旦发现自己的孩子不是天才，他们往往不找自己原因，却责怪孩子不给自己长脸。天才就是超乎常人，就是天生的，只能指望受精卵有些变异的成分，“努力成为天才”的说法不合逻辑。不过似乎有理智就成不了父母，各种天才邪教总是容易招揽信徒，所以孩子是这个世界上最忙的人。偶尔早起在路上碰到那些明显睡眠不足的孩子，被父母押送到各种学习场所，我就想，这些父母，为什么要虚荣至此呢？当一个正常的快乐的人，从来都是不难的事嘛。

迪士尼的教育产品出问题，顾客可以理直气壮去退钱。父母的教育出问题，受害的顾客一辈子还得感恩戴德。就像你一样。这种包装在亲情中的迫害，据说全球如是，也属于流行疾病，只是现在的中国家庭一个孩子，父母对孩子的依赖、争夺更为惨烈。

对于一个人的情感来说，搞不定父母的，幸福指数必然较低。

在情感上宣誓独立，这是心智上的成年礼，也是爱情的保障，是人人必须得做的事，而不是要靠“勇气与才华”才能“宣战”。与父母的切割很难，再坏的父母，总能在你的记忆里留一点美好的回忆。但正确的做法是，越是愚蠢自私的父母，切割得越要干净坚决。他们知道了你有力量，才会有妥协的可能。这妥协将使将来的两代关系更为正常。在这过程中，你肯定会承受压力，不过压不死人——想想我们自己吧，听到他们的家庭矛盾，都在心里烦得半死，可以推出世上愿意介入他人家庭矛盾的人，并不多；真有这样的好事者，他们的态度又有什么价值呢？

道德是没有强制性的，更何况你判断出施加压力的是伪道德，是包装在道德里的虚荣，那就更没有归顺它们的理由了，归顺了反而不道德——除非你与他们是同类。

看得到父母对自己的伤害而仍然无法做出决定，这很难找到庇护所，更难找个爱情来挽救你。一是父母会像伤害你一样伤害你爱的人，二是你更无法处理爱情里可能产生的伤害——以爱之名出现的恨，并非只是两代关系的特例，它是最常见的形态，你若没有切割能力，就注定是个受害者，甚至人家说了句“××像母亲一样”的比喻句，你都不敢反驳。

纵容父母的错误，依传统，这是不孝；依现代，这是不智。不能切割，那是一代人没有尽到职责，把自己的悲惨命运归结于父母的错误，正如他们把自己的虚荣建立在孩子的天才之上一样，都是同样不敢承当的懦弱。

爱是决定，能做决定才能得到爱。能做越难的决定，就有越多人爱你。不敢做决定，可能也就没人爱你。

祝开心。

连岳

2009年11月3日

# 爱情的进化

连岳：

你好！

我是一个1980年出生的女人。已经结婚五年了。和老公是小学同学，我们在我23岁的时候密切接触，最终发展到了目前的状态。我很高兴我能选择他。从时间的顺序来讲吧。

和老公的交往没什么特别之处，他也经常会说些花言巧语，我们可以常常窝在家里一整天都不出门。因为他学历不高，起初家里人不是很同意，不过还好老公和父母都是比较理智的人。呵呵，是不是很幸运？这样，我就和老公在2005年初的时候结婚了。

要说的是结婚前的约法五章。

第一，不要双方父母之间传话。公婆或者我的父母对双方的不满意，不要告诉对方，这样最终会造成三个家庭的不和睦。

第二，永远不要因为钱吵架。我们都要做经济独立的人。各自用各自的钱。每个人每月要存工资的百分之二十在我们的公共账号。动用公共账户，必须经过两个人的同意。

第三，不允许家庭暴力。不论是真暴力还是冷暴力。只要发生，双方都有终止婚姻的权利。

第四，不能提离婚。不论怎么争吵或发生什么，都不能将离婚挂在嘴边。除非真的决定离婚了。

第五，相互信任。我不会干涉他出去玩，因为男人大多数还是比较爱玩的，玩就是玩，告诉我回家的时间就好，但是不要给我说什么我在加班，在开会之类的话。

婚后，他果然很爱玩，桌球、CS、KTV等都是他的爱好。我谨守承诺没有干涉他，但是我也没有作为旁观者。我尽可能地融入他的生活，他去打桌球，只要允许我也会去，不会玩我就让他教我玩。如果他的爱好我确实不喜欢，那么我就选择我喜欢的事情做，我不想把自己搞得和怨妇一样，等着老公回家，回来后再埋怨他。与此同时，老公也很乐意陪我干我喜欢做的事情。

婚姻生活是两个人的生活，生活就需要两人相互迁就和包容。他迁就我我迁就他。举例说明，他喜欢听着电视或者广播睡觉，可是我是个安静环境才能入睡的人。怎么办，那么就只有相互迁就。我戴上眼罩，他插上耳机。他睡觉呼噜震天，我就先入睡，半夜被他吵醒，我会轻揉他的耳朵或者干脆捏他的鼻子，不然就自己抱着枕头去客房睡。他失眠了，半夜叫醒我，那我就睡眼蒙眬地陪他说话，尽管说着说着我就睡着了，可是他心里还是开心的。我的生日或者值得纪念的日子，我会主动地问他要礼物，虽然他嘴上说不买不过，但从来不会让我失望。

五年的婚姻生活，不能说不争吵，可是毕竟幸福的时间大把大把的，让我已经记不清我们的争执了。可能有人会说，那是你们命好。呵呵，可是毕竟上帝是公平的，开了门就不会有窗。因为我的三次流产或小产，让我以后生养的几率很小很小，为此公婆也很不满意，也向他施加压力。可是老公对我很好，不让我感觉任何压力。

实际上美满的生活是靠两个人苦心经营的。在这里，我想把我的经验和大家分享下。

男人大多都是粗线条的，所以不要让他猜你心里想什么，任谁猜来猜去都会烦的。在家不要做女强人，在外面强势惯了的，回家难免会也很强势，但是千万不要，男人不会希望自己的老婆在家指手画脚的。不妨经常撒撒娇，撒娇给自己爱的和爱自己的人，是没有年龄限制的，只要他不觉得恶心。在外面，一定要给双方留够足够的面子，不管是男是女，面子毕竟比里子重要，要吵要闹回家解决。男人可以多夸夸女人，某天早上起来，看着镜子里化妆的老婆，只消一句“老婆，你今天好漂亮”，我想这一个星期你老婆的心情都是很爽的（至少我这个没出息的就这样）。在某些日子送花给你老婆，不要觉得花那玩意花钱不实用，可是女人就是爱，尽管嘴上会说两句怎么这么浪费钱。不要强迫对方做不喜欢做的事情，己所不欲勿施于人。

今天能想到的就这么多。希望兄弟姐妹们共勉之。

洋洋洒洒竟然写了这么多，希望连岳不要嫌烦。

最后，祝快乐！

CAT

CAT:

谢谢你分享自己的经验，我想，随着爱情质量的提高，此类邮件也会越来越多。它们将见证爱情的进化。

经常有人跟我说，我不相信有什么爱情，爱情就是吃饱了撑的，就是狗屁，傻逼才信。然后征求我的意见。我总是说，是的，你不会有爱情的，即使吃得再饱。当然我会安慰他，没关系，人没有爱情也活得下去的。爱情这种东西，你不信它，它就一定不会来打扰你，不必担心。

爱情是心灵的产物，是人类到了有精神以后才有的美妙创造。它是肉之后的灵，是物之上的心。是信仰。

人值得过比兽更好的生活。这是我们需要爱的理由。

人有冒险的基因，当人类的祖先走出非洲时，他们需要跨过红海，非洲情势并不急迫，他们也许只是看到海峡的对面有烟火或飞鸟，就选择了向未知进发——后来其余各大洲才有了人（是的，我们都是非洲人，种族、肤色、信仰、国界、地域的差别都是人为设限，不值得为之伤脑筋，当然更不值得为之流血）。在太平洋岛屿上，也曾生活过酷爱冒险的人群，在鸟上生存一两百年后，资源并未枯竭，他们却会厌倦固定的生活，放弃当下的生活，向海洋深处航行。

正是这种冒险的基因让人类发现了自己及世界的潜能。现代社会的教育核心无非围绕着激发人在知识领域的冒险，这是成本低、动力足的推进器。所以一个人只要保留了求知欲，不自我设定边界，他就存在成为新人的可能。遗憾的是，我们的教育体系好像是以熄灭求知欲见长，走出校门的孩子一个个眼神昏暗，形容枯槁。

爱是冒险、爱是教育、爱是自我教育、爱是自我进化。

爱自己，爱另外一个人，两人相爱，这不是终结，它打开了自我教育的大门，就像一个人从大学毕业并不意味着知识的终结，而是表示掌握了更强大的求知技能。正如这封邮件所说的爱情经验，爱需要契约意识、爱得掌握情绪控制术、爱要从对方的角度考虑问题、洞悉人性与两性差异对爱也大有帮助——这其中的任何一项，都不可能轻易精通，也没有人精通了以后才去爱人，只有我们去爱一个人才有机会毕业。这些你在爱情当中得到的，也是你征服这个世界所需要的技能。

他人像大海一样莫测，包括这个你爱的人。翻船是完全可能的，有时候变成了两个不同的人，有时候风暴吞没了其中的一个人，有时候发现他只是没有水量的小池塘，一段爱情于是不得不结束，这是爱当中正常的节奏。有人并不接受这点，他航海，就要别人保他成为哥伦布；他支持曼联，就要求它每次都赢；他买彩票，不每次中奖就发飙；他倒霉，自己没一点责任，全因为世界是粪坑——这是蛆的思维，这是失败者的哀怨，别靠近这种负面情绪。

如这封邮件中所描述的，爱像菜谱，能一一开列材料与分量，美味可以创造出来，人也可以在爱中进化成更值得爱的人。别放弃。

祝开心。

连岳

2009年11月17日

# 就算是缩头乌龟，
# 也有伸出头的时刻

连岳：

这是第二次给你邮件了，上次的信大约在两年前，谈的是情感问题，两年前26岁，两年后的28岁还在给你写邮件，看来这两年在感情上是没有长进的，另外是否预示我是个痴情执着的人，哈哈。1999年开始看你的文字，陪伴我十年，是很罕见的现象。我要发问的时间跨度更长，目前在寻找一个能陪伴我四十年的女人。话外，我爸妈刚过四十年结婚纪念。

刚忘记了一个女孩，两年前就结束的故事，中间并没有联系，最近她给我一个义正辞严的电话，继续着两年前感情统治者的姿态在电话那头呵斥我，原因是我和她的同事有一些日常业务上的交往，她要求我彻底从她的世界消失。这个女孩是我的初恋，按照你一贯的说法，初吻发生在26岁，那么就是不正常的了，而两年后我还保持着对她的相思，恐怕就是更加离谱的事情。还好，这通电话后，我彻底死心了，加深了自己对那段过往的认识。初恋是要付出代价的。

前不久，我爸妈远道而来，在他们返程的时候，终于表达了他们此行的目的，来了就是要考察你小子到底是怎么想的，到底准备如何对待自己的个人问题，我想了下，28岁了，再不把自己处理掉，就真的成为一个大龄问题男了，补充下，我在一个中等大小的省会城市，这里的人们貌似对于大龄男青年没有多大的好感。

让时间更加接近点。今天下班后，我上街去找一个姐姐，呵呵，其实是在她的要求下见面的。我们认识大约有几个月了，我和她走在街道上的时候，非常不希望别人看到我们是情侣，其实，我内心也没有认为她是我的情侣，我看见身边的一对对怎么都那么般配，我内心不乐意啊。这姐姐不是我喜欢的类型，可能和她见面多少是屈从于年龄和现实吧，我并不是特别出色的男人，长相也很一般。

是啊，你要说，那么，你凭什么还要求那么高。可我就是不乐意啊，我没有那种愉快的感觉。无数的朋友告诉我，小子，结婚就是那么回事，不是找感觉的，在一起能过日子就成，没那么多感觉。晚上一点的时候，我在想，我到底要什么呢，想了想，还是得有点感觉吧，要不在一起会很痛苦滴。

我挺喜欢那句“智慧以青春为代价”，想了一下，这几年，智慧不涨，反而有消退的趋势，尤其是对于情感上的认识。我总在憧憬着遇见一个有感觉的女人，乐意陪着她逛遍城市的大街小巷，乐意陪着她去找寻乡间的美味，陪着她看遍所有的韩剧，即使是欧冠决赛也可以不看。

这样想多少有点二，写得很混乱，长话短说吧。

你觉得一个28男这么想是否真是不靠谱啊？对另外一个人没感觉，就可以为了结婚而强迫自己去约会么？你觉得我遇见有感觉的女人的可能性有多大？

等你回复的感觉多少有点像看火箭和湖人的比赛，即使明知火箭是无法战胜湖人的，那比赛还是要看下去，或许和我现在的情感状态也类似。

Ltsimpler

Ltsimpler：

开始，他是理想主义者，后来他的理想一一破灭，就变成了现实主义者，最后基于失望与嫉妒，他掌握了犬儒与讽刺两大利器，开始精确地打击理想主义者。有人说，这样的生平可以适用于所有中国人的讣告。

我不同意动辄将所有中国人装进去的判断与套子，中国有十多亿人，没那么大的套子，除了“所有中国人都是中国人”这句话成立，以“所有中国人”开始的话语，大都是少数失意的中国人试图伪装成舆论上的多数。

理想主义与现实主义都不是坏词，把它们对立起来才是坏事。在恋爱之前，我们是爱情的理想主义者，即使我们是这个城市最一般的一个男人，眼神昏暗、手头窘迫、死在屋里（如果幸而风干了不臭）多久都没人知道，可仍然会妄想有个沉鱼落雁的女人会爱上我们；即使我们是路边尘土里的一个女乞丐，也会深信泰戈尔的诗句，终会有一个经过的王子，他的目光越过粉丝团，降在我们的身上。

王子为什么这么做？如此一问王子就像个失心疯的傻子，他把女乞丐带回王宫，这桩婚事也成不了。不能问“为什么”的理想主义是空想主义，这样的白日梦，我们十分钟就可以做一个。

真的理想主义是能问“为什么”的，但又比现实好一点，却又可行。

设计北京新机场的建筑师诺曼·福斯特有句话我很喜欢：“当一个建筑师，你得是个现实主义者，但你还得是个乐观主义者。”建筑师不能逃避现实，业主的喜好、地形的限制、材料的可能，全部限制着你，但出色建筑师将在这个现实里实现建筑之美。

除非一个建筑师不接任何项目，他才能脱离现实。

一个建筑师也许可以不接项目，永远当个空谈家，而一个异性恋男人无法不接近女人，永远陷于爱情的空想。这个现实是什么？我凭什么让我喜欢的女人爱上我：我得有能力吧？有未来吧？有幽默感吧？有勇气吧？能赢得尊重吧？至少讲卫生不插队吧？这些是爱情产生的要件。如果没有又想要女人呢？那就只能找个条件相当的一起混了，爱情不是慈善，想女人就给一个好女人。

对于你来说，屈从于年龄与现实，屈从于他人的看法（28岁不结婚而被“歧视”，在中国的城市里，并不多见，这说明你还真是把责任都推给了别人），于是找个自己不愿意承认的姐姐一起恋爱。这个作为与见识，再加上你所谓的“并不特别出色，长相也一般”，你的盼头也就是爱情哪一天会变成慈善。

现实主义是指让理想在现实中生长的能力，而不是在现实中掐死理想的缩头能力。谈一次你自己想谈的恋爱吧。说句励志的话：就算是缩头乌龟，也有伸出头的时刻。

智慧以青春为代价没错，但不能推出青春流逝了，智慧一定增长。火箭队真不如湖人，不过火箭队赢过湖人，弱队每次必然要输，那也就没了竞赛存在的理由了。趁你还青春，多想想如何才能赢。

祝开心。

连岳

# 小人物的复兴

连岳：

你好！先给你说个笑话——我住在内地一个小城市，你的《我爱问连岳》出版后，我去市新华书店问有没有你的书卖，在解释是哪几个字后，营业员说：“什么书？《我爱问岳父》？”哈哈！后来终于在老公去省城出差后给我买了一、二两本。

我从小便是个叛逆的人，既闹过离家出走也闹过自杀，很是让家人头痛，有次妈妈发狠话说我：“怎么××上学路上不被车轧死！”爸爸则评价我是个一点优点都没有的人。我的叛逆让我吃了不少苦头，刚上班时和一位即将离婚的中年大叔扯上了，后来我才知道他还有一个后备，那个女孩比我早一届，为了避风头去外地学习去了，我的到来促成了他尽快地离婚，然后和那位女孩闪电结婚，我成了单位的一个笑话。那时的我也很狂怒，做了一些疯狂的幼稚的事——报复他！就在那时遇到了我的前夫，不顾家人的反对和他结了婚。

其实前夫挺爱我，对我百依百顺，后来他辞掉工作去一个大城市打工，我也毫不犹豫地停薪留职跟他去了。在那座全国闻名的大城市里呆了四年，明白了想要在那儿立足是多么艰难。连岳，其实我是个特别简单的人，没有什么上进心，家乡的工作是个事业单位，工作压力不大，于是在28岁那年我又回家乡上班了。几年没见的爸爸妈妈显得老了很多，有些心疼。就在那一年我的思想发生了很大的变化，以前在单位里看到谁都烦，恨自己的工作，现在想来是自己的心态不成熟。在家上班一年多里，我去前夫那里几次，心里越来越厌烦这种生活。千里迢迢，两地分居，未来遥遥无期。后来便和前夫离了婚。

好了，写到这里该书归正传了——我现在的丈夫那时刚刚大学毕业，到单位上班没多久，同事们对他评价很好，都说他前途无量。他比我小两岁，还是个小伙子。我们俩好时让他们大跌眼镜，有好多人在他面前说我坏话，我现在都说我被人家烦也有一定的道理，在他们眼里我就是一个怪物，说话做事都和别人不一样。老公有点大男子主义，当时他和我结婚也有点心有不甘，以为自己吃了亏，以为我会对他低眉顺眼，结婚后才发现我的脾气那么犟。

我曾说过："离过婚又怎么了，我和你结了婚我们就是平等的人，就一个人来说我和××都是平等的。”他对我这番言论认为很是惊世骇俗，他问：“是什么让你这么自信？你认为你很了不起吗？”是呀，本人容貌不美，身材不佳，学历不高，能力不强，有什么好拽？刚开始几年我们经常吵架，其中有两次打得很凶，我曾经形容前三年犹如生活在地狱。在这期间女儿出生了，孩子给我们带来更多的争吵。连岳，我不知道你能不能了解我们的苦，两家老人都不能帮我们带孩子，幸好我们都有夜班，单位制度也很松散，就这样孩子愣是靠我们俩带大了。说到这里，其实老公是个很勤快的人，对工作有上进心，对家人很有爱心，也没有不良嗜好。只是我俩是完全不同的人，他理性现实，我感性浪漫，他有些尖酸刻薄，我有些暴躁倔强。随着女儿的长大懂事，我们也渐入佳境，彼此互相宽容，我对现在的生活很是满意——虽然我们俩的工资加起来还不到三千元，但是我们一家三口的生活过得其乐融融。

现在和你聊聊我的女儿，她真是越来越漂亮，越来越可爱了，对怎样教育她我一直很戚戚然。我对女儿长大后的事也想过很多，我的观点是——只要她不违法犯罪，自己的事情想怎样都行！只要她觉得幸福快乐！即使她选择独身或者是同性恋我也都能接受，但是我还是不希望她当小三，那样太委屈自己了。当然这话没告诉过别人，包括我的丈夫，要不然他们会认为我是个疯子，呵呵！我一直很感激父母为我所做的一切，他们虽然也很古板，但他们从没放弃过我。后来还贷款给我买房子，因为老公家是地道的农村人，没有任何能帮助我们的地方。我以后也要对女儿这样，永远都不离不弃，耐心地等待她长大，给她尽可能的宽容与无尽的支持。

开心每一天

开心每一天:

一直在想，为什么我们现在幸福指数这么低？为什么很难看到快乐的人，你看迎面而来的脸庞：疲惫、厌倦，或者闪烁着传销者才有的职业笑容。

受了最好的教育，来到了中国最大的城市之一，看起来也人模狗样，时尚的话题也都懂一些，诺贝尔文学奖公布后，第二天也开始读米勒的作品，钱不多，好像也够用。可是，为什么那么不快乐？这样不快乐的人恋爱结婚，他不快乐的可能性也很高。

不快乐，几乎是中国人的主色调了。唯一不同的是，有些人不快乐起来相当理直气壮，认为人生就是如此可悲，爱情当然就是虚幻——当然，他一定会如愿的，没人经得起自己的诅咒。

前不久，一个二十年没见过的好朋友旅游时经过我所在的城市，他毕业后一直呆在一个乡村中学，请他吃饭之前，心里预设的形象是：可能有些畏缩，然后又要说些大话证明自己；对境遇有诸多不满，可是责任又全是别人的……吃过很多这种饭，在餐桌上完全是鸡同鸭讲。

可是那顿饭感觉老友没死，他没写博客，也不知道twitter，没有炒股，更不看都市里的时尚杂志，也并非避居到乡间的“成功人士”，他就是一个乡村中学的老师，从信息到着装，都在证明这点。

可感觉不到一点他的“土”，他抬头见到十五的圆月，叹一口气：今晚田里的泥鳅最多，可惜了——这个时候，你甚至觉得他的生活比时尚杂志里描述的还要时尚。他跟我说，只要一次，我就可以让你对钓鱼上瘾，鱼上钩的时候，我让你来收线，你一定会着迷，那个时候的快感，胜过一切快感——他在“一切”两字上用了重音，朝我眨眨眼。

快感别人代替不了，它一定只能发生在自己身上。看A片不能代替性爱，看菜谱不能果腹。我们都是小人物，如果你是有神论者，人在全知的造物主前面，只是充满罪恶的微尘；如果你是无神论者，就知道在无限的宇宙前面，我们和任何一个牛逼的××，连微尘都不如。也就是说，人只有找到自己的快感、尊重自己的快感，你才会快乐。倘若在小人物时没有这种快乐，幸而成为大人物，也不会有这种快乐。

不以从事农业为耻，所以少数美国农民可以拥有巨大的政治影响力；不以手工业为耻，所以瑞士小刀奶酪都可以富国；不以小人物为耻，才会有民主，世界才会听小人物的。在中国当下，作为一个小人物，可能是有史以来最为卑下的。我们为自己的处境害羞、为自己的衣着害羞、为自己的谈吐害羞、为自己的老婆害羞、为自己的孩子害羞，所以我们会更加残忍地欺负其他小人物以证明自己不是小人物，所以我们有宝马以后必然要飙车以超速提示路人我们是大人物了。

所以，谢谢这封邮件。只有小人物快乐地复兴，我们所处的世界才不会变成小人物的绞肉机，剥夺他们的一切，包括爱情。

祝开心。

连岳

# 离婚是比结婚更值得恭喜的事情

连岳：

启信愉快，虽然我在很不愉快的时候想到了你。

我是个高三学生，从高一时开始看你在《上海壹周》上的解答。从中看到很多，也学到很多。

我的事情，说起来很长，但也可以很简单地概括，就是我爸妈可能要离婚了。离婚这件事在我家十几年来都一直被放在桌面上，时常拿来谈。久而久之，我早已习惯了，这些年来大大小小的战役，我也经历无数，唇枪舌剑的、冷战的、出走的、砸东西的。之所以我认为这次可能是真的，是因为前几天发生的一件事。

我的爸爸妈妈都没有什么原则性的问题，比如外面有人什么的，对我也很好。所以在谈到离婚的问题上，我一直没有办法去责怪他们任何一个。只是有时会觉得，这样的事情对我很不公平。每次谈到离婚，然后又把这个问题压下去时，他们的说法都很一致——为了我。可是他们没有一个人理解我是什么样的心情，从很小的时候就要周旋在他们中间，想尽办法在他们闹僵的时候去劝说、去缓和，能做的我都做了，可是什么都改变不了。

回到前面说的那件事，说白了其实就是家庭暴力。我极力阻止，没有让事态更加严重。事情发生得很突然，其实根本没什么缘由它就发生了，至今我也想不通为什么。尤其是它是发生在我们家关系稍稍开始出现缓和的苗头的时候。之前他们怎么吵，都没有动过手，至少没有在我面前。不管我妈怎么闹，我爸都是一言不发，当然也是在我面前。昨天看到的那一刹那，我就绝望了，我觉得他们再没可能了。我妈是一个十多年前的陈芝麻烂谷子的事情都可以记得很清楚的人，这一巴掌下去，这婚还不都被打散了。

我爸吧，大男子主义，很辛苦地工作，很辛苦地赚钱。经济来源基本就是我爸。生活小康，至少不用为钱发愁。我妈，因为我爸的关系，工作高不成低不就的，就一直在家里，性格很强势，自尊心强。

就这样的情况，我很清楚他们不合适，可是因为私心，我一直希望他们都可以改变下自己，稍稍迁就，维持一个完整的家。我也知道，这样的完整其实只是表象，可还是因为私心，我觉得哪怕是表象也好。我希望他们幸福，可我更希望他们在一起。也许你也会说我自私吧。

我妈一直说我不懂她的痛苦，她时常希望我能说出“我支持你离婚”这一类的话。其实我可以理解她，毕竟我都到了快可以找自己幸福的年纪。这样的婚姻，放在我身上，我早已将其结束。要是将来有人打我一下，我也会毫不犹豫地离婚。当然这只是我现在的想法。不过现在，他们一个是我爸，一个是我妈，我怎么说得出这样的话。我实在很纠结。

我为他们悲哀，也为自己悲哀。我一直在扮演乖乖女的角色，并不怎么让父母操过心。可为什么偏偏就摊上了让我操心的父母呢。时常看到人家家里有说有笑的，和和睦睦的，自己就一阵悲凉。而且每每遇到这种事，都无法和别人去说，怎么启齿呢。何况，同龄的人也不一定能理解。自己的伤痛于别人而言不过是蜻蜓点水一般。

我在想着，还有什么是我能做的。我考上重点高中，迎接我的是新一轮的家庭风暴，我高三了，努力学习，好不容易有些起色，满心欢喜，又发生这样的事。为什么我的生活总是在我对它充满希望的时候给我当头一棒？我甚至可以想到，我考完大学之后，必然又会有事发生。

无数次想过，做一些过激的事情，让他们去后悔，最终还是被理智压下去。如果任他们发展下去，不说将来，我剩下的这几个月的时间又该怎样去度过。以前一直想，快些考完大学，快些离开，现在却是觉得，离开了又怎样，顶多是眼不见为净，而且现在的情况更让我放心不下，要是没有了我，他们还会发生什么。就比如昨天，如果不是我死命地拦着，还不知道会发生什么。

我不能冷眼旁观，可也无可奈何。你能不能告诉我，究竟该怎么办？

连岳，如果你看了，请一定给我回个已阅，至少让我知道我并没有向空气倾诉。

谢谢。

高三女生

高三女生：

离婚率越来越高了，可能会超过欧美，达到百分之五十以上。有人把这怪罪于新时代，人心都变坏了：你看原来，有几个人离婚的？

殊不知，这正是新时代的美妙之处，原来离婚率低并不意味着婚姻质量高，而是离婚成本高，高到离完婚的人备受歧视，甚至会遭惩罚，所以婚姻无论多么无聊痛苦都只能留在里面，所谓两害相权取其轻罢了。这就像问一个囚徒，你是愿意无期徒刑呢还是愿意被绞死？人人选择前者并不意味着终身坐牢是件舒服的事情。

我一直以为，神圣化婚姻，妖魔化离婚，这后面藏着巧妙的统治技术。两个互相不爱的人捆绑在家庭这个小囚室里，彼此憎恶，他们甚至可以彼此监视，对方丝毫不敢对伟大的神一样的管理者有任何一丝不满。家庭的内耗能消磨最有才能的反对者。子民不幸福有时候才是一个残酷时代的追求。有些人很委屈，我只不过追求一点个人的快乐，为何就像犯了滔天大罪？他不知道，禁止快乐恰恰可能是当时宪法的主旨。

离婚在很多时候往往与淫荡画上了等号，推理是这样的，你不是渴望与另一个人上床，怎么会离婚呢？这推理当然不成立，今天我就算它成立，顺着这个前提说：离婚就是为了满足淫荡，行不行？我觉得这是直面自己淫荡的负责任的做法，行，除非允许在婚姻内自由与他人上床。与自己喜欢的人在一起(尤其是在床上)，这本来是人最正当的追求，也是爱的基础，不爱一个人，往往就是和他在一起淫荡不起来罢了。小百姓一被洗脑，一有这想法就自责，他们哪里知道，百姓守贞之时，正是州官淫荡之际。

性成了一种特权。离婚对性权利的追求自然就像是对特权的挑战，为了防止人们频频开启离婚这扇后门追求个人的自由与快乐，离婚就被许多负面描述所淹没，以至于像你这样的新世代，一个高三女生，仍然像父辈一样，认为离婚是不好的、不敢实现的，哪怕父母十多年处于冷战之中。

此类长年冷战的伴侣，除了性得不到释放，恨更在累积，很容易患有某种心理疾病，身边的人（主要是孩子）最容易成为受害者，父母为了争取这个盟友，最有效的方法就是刻意攻击对方，自己扮成受害者。这种环境下的孩子长大了，必须大力挣扎，方能对人性、对爱、对婚姻及人生不产生太过负面悲凉的看法。尤其不幸的是，有些人可能一辈子也挣扎不出。不幸的婚姻里全是受害者，而且不幸的婚姻里没有理智者、没有有力者、没有负责任者，这些人在现在已经相对宽容的社会环境里，不会容忍自己沉浸在不幸婚姻当中。

你父母那些不幸的可怜虫，我的态度是任其自生自灭，你是新人，从他们的不幸当中，你得到的最有益的教训莫过于：

千万别与一个自己不爱的人维持不幸的婚姻关系，它只会像滚雪球一样，天天都在增长不幸。你以后别犯这种错误，记住：离婚是比结婚更值得恭喜的事情。

祝开心。

连岳

2009年12月1日

# 爱自己的正面心理

连岳：

你好，其实就是想和你说说话，也没什么问题。

每当我心情很低落的时候，我心里似乎都在说："连岳呢？连岳哪去了？"嘿嘿，你好垃圾桶。

我的情绪总是波动起伏很大，我觉得是心底堆积了太多不快乐，并且没办法向那个伤害我最深和疼爱我最多的人说——我爹。

我父母在我眼中是对非常不成熟和稀里糊涂的人，他们在我中考的时候离婚了，说实话，他们离婚的消息对于我来说是件大快人心的事。我突然觉得紧绷的神经一下放松了，不用担心哪句话说错，哪个眼神没理解对而引起爸爸对我的臭骂、对妈妈的毒打。

他们的事情我到现在也没了解到全部真相，公说公有理，婆说婆有理。大概是我爸爸婚前婚后判若两人，妈妈受不了家庭暴力跟别的男人跑了，爸爸不甘心戴绿帽子，也表示后悔就千方百计地找到了妈妈，发誓、承诺……妈妈一心软就又回到了他身边，可好景不长，又开始暴力，还变本加厉。

为了缓解这种气氛，他们专门生了我。呵呵。我也觉得很可笑，这他妈的都什么智商？当然，这种智商的两个人在一起过不好是必然的。一天一骂，三天一小打，五天一大打，我当时是真的害怕，我现在回想起来我童年的生活，就像一部恐怖片。大概在小学一二年级的时候我就自杀过，不是威胁他们，而是自己默默地实施，将自己反锁在房间里，用妈妈的皮包带子使劲地勒自己的脖子（蠢货，真蠢，自杀都不会，智商果然遗传），之后，还有几次无疾而终（我还是舍不得自己），最后一次应该是18岁那年吧。我受不了爸爸的辱骂，他，我想绝不是有意，但真的很伤人，他总会骂我婊子之类的话，我真的觉得爸爸的心理非常不健康，也备受折磨，就好像《蜗居》中的小贝面对出轨的海藻，痛不欲生，又仍想去爱。我估计爸爸那样骂我是在我身上看到了年轻时的我妈，我和我妈长得还真巨像，老天爷太喜欢恶搞了。其实在邻居眼中我爸爸是个非常宠孩子的爸爸，事实也的确如此，他是个非常喜欢孩子的男人，可他也非常擅长翻脸不认人。但，爸爸对我的好，我记着呢。

在我上初三时，一向有自卑感并且洁身自好

的爸爸认识了一个我们小城非常“出名”的离了两次婚，私生活很糜烂的单身女人。可能是第一次婚外情，没有经验，玩得很过，当着我和我妈的面和那女人打电话长达一两小时，连续一周都不回家……好玩的是，那女人住我家楼前，不在一个小区，有天早晨，我妈听见我爸从外面回来开门的声音，就躲进了衣柜，我爸进家找了一圈没找到我妈，就站在阳台上给那女人打电话，说些情话，还让那女人拉开窗帘看看他……我妈从衣柜爬出来的声音都没吵到他，他真的太沉浸其中了，我妈疯了一样，挥着菜刀就砍向我爸，但，他躲过去了。当时我在寄宿学校，周末回家看到他们一人紫了一只眼，像快瞎了一样。家里就别提了，该砸的都砸了，该碎的都碎了。最后满城风雨，大家都知道我家离婚了。我从小就支持他们离婚，可看到他们离婚证的那一刻我还是放声大哭了，不会是期盼这一刻期盼太久了吧？哈……

现在我爸还真和那女人在一起了，我妈一个人过，今年第六个年头了。也许我妈前三年很享受这种解脱放松的单身生活，可这后三年我分明看到了一个老女人的寂寞（我判给我妈，现在外地上大学，一学期回家一次），唉，估计我妈这个年龄这种经历的女人想要再找到合适的伴侣不容易。我爸爸当然过得不幸福，作孽太多的人一般都不会幸福，他现在也很后悔吧，也很惦记我妈，可一切都太晚了吧，时间实在是太久了……

我，女，21岁，大三了，大学三年没恋爱，估计第四年也不会有，曾有过初恋，但把人家男生折腾得够呛。现在我就想一个人过，不想那些麻烦事，挣足够多的钱，好好孝敬爸妈，谁让他们这辈子过成这样？我真不想他们回想一生的时候觉得这一生太恶心，没一个暖人的亮点。

嘿嘿，说完心情就好了，祝开心。

Erin

Erin：

看到你妈砍你爸那段，我笑得半死。对不起，其他有些地方也让我笑了几次。不过好像也看到你写信时笑嘻嘻的样子。所以先纠正你一样，有些东西不能全靠遗传，我见过正经古板的父母，他们生出了幽默快乐的孩子；我见过虚荣自大的父母，生出了自谦内敛的孩子；我见过狠毒势利的父母，生出了温柔慈悲的孩子；我见过更多不幸的父母，他们的后代却很快乐。这其中许多因素可归功于教育、归功于开放社会的资讯与观点多元、可归功于上海的某一个情感专栏，作者的名字我忘了……好像姓连吧……

它也可归功于每个人生下来那附带的一点点礼物，再无奈的出生，也可能让我们有点独特的灵性。为了挽救感情、为了权力联盟、为了传宗接代、为了攀比、为了报复、为了逃避，太多孩子是因为反常因素而出生的。仔细想想，这是一个情感教育空白、精神资源稀缺的社会，可能还真是许多人难以逃避的命运。但愿以后因为正常理由出生的孩子多起来，他们纯粹是一对男女因相爱而生的。

一个不幸的社会，必然身边有许多不幸的模式：感情、婚姻、教育、家庭，这些模式的主角可能还是我们的父母及亲人，许多人悲观得以至于放弃，理由很充分。我从来都是一个乐观主义者，可能会越来越乐观，我相信人能掌握爱的技术，体制能更为宽容，社会能逐渐进化，人可以设计并实现自己的未来，我活在这个真实的时空里，并无幻想，这可能与正面心理学有关。集中在正回馈上，以此建立行为模式，可能得到更多。

比如说吧，无处不在的地域自尊（几乎全演变成了恶心的自大狂与地域歧视），如果当地的知识人能巧妙地将真正的价值输入，则原来这个旧瓶就装了新酒，腐烂的模式就更新为成长的模式。爱情也是如此，因为爱情普遍太过不堪，所以连带败坏了爱情这个模式，不仔细想的人容易粗心地以为一陷入爱情，就必然沦落到拿刀砍的悲惨结局。

正面心理当然不是虚假陈述，是在接受人性平均值的基础上找到出路，经常有人问我：你为什么不会崩溃，要听那么多诉说？在一次对话过程中，体现出来的其实全是正面的因素：诉说意味着情绪纾解、对话意味着心态开放、观点不同则等同于为读者建立选择平台、对爱的不停追问则意味着爱正在不停生长。

有人追问：如果他人不变，你不会失去耐心变得焦虑吗？

当然不会，就是这个社会一百年后才变，也不必焦虑，我们爱的是自己，只要自己改变了，我的世界就改变了。无论你多么不幸，无论你周边的世界多么不幸，你还能给我写邮件，你还看这份报纸，那你就还有力气爱自己。无论社会与爱情如何复杂，有多少顽疾，爱自己并允许他人也爱他自己（包括他选择成为与你不同的人），这条路总是对的。

像你一样最后选择爱自己的人，总会得到我的偏爱。

亲爱的，祝开心。

连岳

2009年12月8日

# 光阴的故事（五）

连岳：

您好！

想起2003年的时候，我只身一人来到上海，刚刚从象牙塔中出来，那是我人生最动荡也是最低落的时候，我想了好几晚上给你写了一封信，当我扔进楼下的大邮筒的时候，我在想，它会不会到你手里呢，这个邮筒看上去是如此破旧不堪，像文物一样立在一排老房子前。随后那几个礼拜我特别留意“壹周”上是不是会有我的信，后来我的困惑还是没有得到你的回答，我也离开了上海。

现在父母总说我自从离开家以后就变了，变得不像以前一样会和家里什么都说了，不知道我究竟在外面发生了什么事情。我知道是从什么时候开始变的，就是从我那年给你写那封信之前。那个时候，我一个人在上海，其实我毕业那时压根没有想过要来上海找工作，毕竟一个女孩子家，后来学校招聘会上给一家公司要去了，这是因为我很多简历打水漂，又看着自己拿着优秀毕业生的名头还不如一个年年重修却有关系进了本地数一数二的药厂的人，在多重压力下，我就这样去了，可是上海很美，那里的生活也很美，但是办公室的勾心斗角更加精彩。

我喜欢上海，但是我想离开这个公司，和家里商量，得到的是反对声和叹息声。我最怕爸爸的沉默和叹息声，等他开口的时候永远就是爆发的时候。他们不知道我当时心里的难受，这样的职场是不健康的，可是当时的我被家里阻止了，他们说：单位都是这样的（很多年后我明白，再没有像这个公司这样极品的，我不幸第一个就遇上了）。我当时多希望他们说“好的”，在经济上支持我，精神上鼓励我，而不是和我说：要离职可以，马上回家。

我那个时候就知道，回去后就会在那个小城市困死，再也出不来了。最后我选择了听话，我忍了半年，攒了我觉得足够的钱，离开了，然后再等几个月后我找到了工作，再告诉家里。从此以后，换工作、换城市、换男友，都是告诉结果，而父母在这个结果上也再不给我任何建议，往往只在这件事情成为过去时的时候发表一下自己当时的看法，可是在我看来你们的看法已经没有用了，因为说的都是我以前待的城市、我以前的工作和我以前的男友。

我也希望他们可以主动给我意见，但是我害怕一股脑的反对声，所以我不会主动要求他们说点什么，当然他们也很少即刻就给出他们的看法，有的也还是没有足够的说服力。

现在我已经结婚了，老公也有了，宝宝也生了，很多时候我觉得我是幸福的，但是人无完人，老公总有一些让父母不满意的地方，爸爸妈妈不止一次在婚后对我说：这个人我们一开始就不满意的。你以后要吃苦头的，我看这个也不见得比前一个好的。

每每这个时候我觉得很难受，我才新婚，我们两人的时候是很开心的，因为毕竟大家磨合过的，现在出现不和谐是因为长辈在生活中的出现，那也是需要磨合的，为什么就这样来否定我的婚姻呢？难道他们是这么希望的吗：我不幸福，那很好，验证了“不听老人言”的说法。我幸福，那你们说的这些话又是什么呢？我知道，父母有的时候说的话是因为担心我，但是担心关爱的话在他们口中出来都变成了责备的话，或者是严厉的定论似的否定。我真的很怕。也越来越不知道怎么跟父母相处了。毕竟离家已经十年了。

老公虽然在和我父母相处上确实也很有欠妥之处，我也没有做好中间协调的工作，让父母多少有点委屈，但是我知道，爱我的还是我的父母，希望他们不要怪我，不要觉得我真的是什么都不和他们说，有的时候不说也是因为怕他们担心。而我也真的是在与父母沟通上没有艺术，毕竟是一个家门出来的，父母怎么样的水平我也不会高到哪里去。大家在一起，闲聊很愉快，遇事基本上说不出什么名堂来。主观性太强又表述能力差说服不了对方。

有点困惑，我知道他们很爱我，我也很爱他们，毕竟他们是世界上真正对我好的人，可是我们总是不那么亲近好多年了。

小柠檬

小柠檬：

“那只小熊现在不知如何了？”

我和老婆最近的对话中，经常会冒出这句。然后两个人都煽情地叹口气。

由头源自一部纪录片：北极的夏天，一些北极熊由于冰面融化而困在一座岛上，其中一只熊妈妈带着两只小熊，在饥荒的夏天苦熬。它们对人类很好奇，经常在岛上唯一的房屋前打探（里面住着一位研究人员及一位拍摄者）。一阵时日后，只剩一只小熊了，它的妈妈和另一只小熊可能死了，或者被其他饥饿的北极熊吃了。北极熊会同类相食，这点有些像人。

那只小熊像小狗一样趴在小屋门口，可怜巴巴地盯着人，房间里有充足的食物，小熊早已闻到鹿肉干的香味，给它一餐吧？这时候那个科学家说话了：我知道你饿，日子不好过，不过，我不能让你养成依赖我的习惯，那样你会失去生存能力。

没有得到任何食物援助，小熊只好含泪离开——当然，含泪是我的想象，看到这里，我问老婆，如果是你，给它吃吗？她说：给，我才不管什么科学。

冬天终于让海面结冰了，虽然科学家很冷血，那只小熊还是来咬咬他的鞋子，以示告别，然后跑向它第一次见识的冰原。

这只小熊现在不知如何了。

如果它会写邮件，我会用“光阴的故事”为题将它登出。

仔细想想，身处其境，我会很挣扎，但同样不会给它肉吃。它的生存能力也得靠饥饿的体验才能增长。

我在一次演讲结束后，一位14岁的高二学生站起来说：我听完后，发现你没有给我答案。是的，我没有答案给急迫地等候答案的人，我没有肉给饥饿的小熊。我的看法只是看法的一种，我不会说它比别人的高明，在你接受之前，你还得做选择。你一直都需要做的，是选择，是决定，这才是爱的能力，这才是人的生存能力。

再说一部我很喜欢的纪录片（根据真实故事翻拍的）《触及巅峰》（*Touching the Void*）。1985年，英国的Joe和Simon，去爬秘鲁的修拉格兰德峰，登顶成功后，Joe在下山时摔断了腿，又滑下悬崖，被绳索吊在半空中，不上不下，Simon思考一个多小时后，做了个艰难的选择，割断绳索，与其两人都死，不如存活一人。Joe掉入冰缝，这个断了一条腿的倒霉家伙，在绝望期过去后，告诉自己：我不能呆在原处，现在要做决定，即使这个决定可能是错的。他选择继续下坠到冰缝的底部，在那里，他运气很好，找到出口，然后继续爬了三天，回到营地，像鬼一样叫醒Simon。他睡醒后听说Simon烧掉了自己的裤子（以为他死了嘛），大发雷霆。

Joe在冰缝里的那句话也是我想说的，人所需要的，是在多种可能中选择，是做决定，即使是错误的决定；比Joe幸运的是，决定错了，我们可以再做一个决定改正它。别人替你做的决定，就算是对的，也在伤害你的独立性，它让你依赖，以至于失去选择能力。

你已经在选择了，你已经在决定了，你不是六年前的小熊了，你不需要我了。

祝开心。

连岳

2009年12月15日

# 缓慢惩罚的文明

连岳：

你好。我有一个问题一直找不到人来帮我解答一下，希望睿智的你可以谈谈你的想法及做法。

我，1985年生，女生，生长在南方农村。在我很小的时候，上小学吧，我印象中（很模糊，虽然这件事很大。我爸不在家）有一天晚上我哥吵着说家里有个男人躲在床底下，然后第二天早上就听说我妈喝药自杀被送进医院，抢救过来了。这件事我一直不敢问大人，以致我都在怀疑这是我臆想出来的。

大概从我小学五六年级开始，我就发现我妈不断跟几个男人有染。这些男人有我的干爹，我哥的干爹，村里的一个一起打麻将的赌友，直到一个与我们没有血缘关系的舅舅（我舅舅）。

我不知道怎么去处理这件事。记得小学时候，在电话里（分机）无意听到我妈和一男人的讲话，当时只知道掉眼泪，谁也不敢告诉。上初中的时候，宿舍的几个同村的女孩在聊从窗户外看到有人在做爱，我下意识地认定那一定是我妈妈，我就装作在睡觉，不敢参与。

高考后，跑到北京去上大学，很少回家。仅有的几天在家，还是让我发现她和我舅舅有染。我还是装作不知道。直到前段时候，我哥不知从哪知道的，喝了酒跑去我舅舅家，要揍他。我亲舅舅告诉我这件事，说我哥是疯子，让我劝劝他什么。我回了条短信，告诉我舅舅这些都是事实，我很小的时候就知道了。他说不管怎样她永远都是我母亲。然后我们就没再讨论这件事了，好像没发生过一样。从那以后我就两三个月没再回过家，即使只是不到两个小时的车程。我妈也会偶尔打电话给我，我们还是像没事一样聊天。我爸在外地，我打电话问他怎么处理的时候，他正赶回家。他说我那个假舅舅有打电话跟他解释，说我们是亲戚怎么可能什么的。后来的后来，大家都没事了一样，也就是说以我哥那天的发疯为结局。我尝试着在网络上跟我哥聊这件事，他不理我。我不敢也不想回家，不知道怎么面对他们。

我爸是个老实人，做过生意，亏本。记得我很小的时候，我爸跑去西安做生意，他说冻得要死。回来只带了一件礼物，给我妈的皮鞋。家里没钱，小时候对我爸妈的印象就是吵架，都是我妈的埋怨，我爸的沉默。记得高中的时候跟好朋友说过一句话，我爸妈是全天下最不幸福的一对夫妻。从小我就希望他们离婚。

我一直觉得我的自卑跟我妈妈有关。我知道我都快25岁了，碰到任何事，都不应该去埋怨爸妈。可是我还是想发泄下，我的失败就是与你们有关！

现在我和男友同居，每天还算开心地过着。我爱他。我男友也出轨过，我要离开他，他不同意（我知道我要走的话，他不同意我也可以走的。我选择原谅他），他不再与那个女生联系。目前，一切都还好。只是偶尔我还是要去克服不去想他出轨的事。现在他是我最亲密的人，我也不敢跟他讲我妈的事，只是跟他说过你能想象一个母亲对女儿的伤害么？

我不善表达，希望你能看明白。其实朋友对我的印象都是乐观，开心着。我也确实这么努力开心着，因为我知道没人喜欢和愁眉苦脸的人在一起的。每天下班后回家和男友讲各种各样的黄色笑话，冷笑话，一起打游戏，性生活也很愉快。乐观的我会跟自己说我没做错什么事，不要责怪自己，我妈的事就是我妈的事，那是她的生活，不要去作评价，因为我不是她：不识字，父亲早逝，她的童年可能过得很艰辛很畸形，等等。

我是不是人格分裂了，又埋怨她又替她解释。我搞不懂自己。你能替我分析分析么？

小南

小南：

从我了解的农村来看，性的开放程度也比想象的宽。有些地方寡妇生子（非神迹），只要请村里人吃一顿，大家就承认孩子的合法地位，不再追究，这既温暖，又有些喜剧色彩，只要从你的错误得到好处，就容许可怜的妇人找个男人帮她。

你的家庭则提供了另一个例证，一个声名狼藉的女人，她并没有受到乡村及丈夫的惩罚，反而看起来过得不错，可以不时埋怨丈夫。剥离其中的特殊因素，乡村对不洁性爱的宽容度也呈现出来了。宽容一定是对当下看起来的罪错的宽容，宽容体现为缓慢的、克制的惩罚。

你和你哥哥的愤怒与羞愧可以理解，“母亲”一词被赋予了太多美好的定语，门第与出生又是尊严感的重要来源——连王朔这样的独立者都要在访谈中流露出北京大院子弟的优越感，更别说容易受他人影响的普通人了——当孩子知道自己母亲的性爱非主流时，其中的震撼一定足够强烈。

强烈到你希望母亲受到惩罚。那些似乎有权力惩罚她的人：父亲、舅舅，全都放弃了惩罚权。原因旁人猜不出，可能爱这个女人，可能怕这个女人，可能维持现状最为经济，反正他们最终的选择是不理会这个事。

但其实你未必想惩罚自己的母亲，因为你“替她解释”，你只是因为某种正义感觉得这样的女人该受惩罚。

在我看来，追求不惩罚、少惩罚、缓慢惩罚的正义，才是真的正义，才是文明人与文明社会该有的。而现在看到的正相反，人人都似乎正义在手，急于惩罚，在杀富人、杀官员的新闻后面，你会看到惊心动魄的叫好声。

更为夸张的是，某地抓律师的新闻也博得了喝彩，为“罪犯”辩护的律师，被称为坏人、狗头军师——你看到这些词汇，怎不会冷从脚起？以至于21世纪都过了9年，中国政法大学的何兵教授仍然要在中央电视台普及这些最基本的法律常识：

“律师准确地告知当事人所面临的法律风险是律师的基本义务。”

“从我们法律专业角度来说，你不能讲律师为黑社会辩护，说成是一个狗腿子。法律这种构造，我们看这边“打黑”，公检法的力量很强，调动了几千名警察、法官和检察官，律师实际上相对说是比较少的。如果说这个等边三角形有一边弱了，这个大厦就会塌下，所以办成铁案就办不出来。”

可惜说这种常识的人太少。如果这个社会人人嗜杀，连基本的程序正义都不尊重，法制可以在一夜间崩溃，那么，财富被抢走、随意杀害某类人、人与人之间互相陷害，这种人类惨剧的重新降临就会像按个“重播”键一样简单快速。

法律与爱情似乎并无关系，但这种酷爱惩罚的暴戾之气是一脉相通的，我们若爱做有罪推定，情绪极容易被人挑起利用，手里的石头轻易出手砸死淫妇，那么，我们的爱情一定会在这种社会里先死一步。

回到你的问题，解决办法是你放弃惩罚你的母亲，她选择她的生活，你选择你的生活，至少可以当个平等的“陌生人”，不去想她，只想自己。至少让我们在感情领域，先当一个缓慢惩罚的人，甚至是一个不惩罚的人。

祝开心。

连岳

2009年12月22日

# 光阴的故事（六）

连岳：

整整把三本我爱问“你”看了两遍之后，我实在按捺不住了。并不是急着给连老师汇报读后感，而是由于昨晚搬家前的清理中发现自己留着的一封给婚前男友的分手信。可笑的是这封信是写在当时热播的《夜宴》的电影纪念卡后的，并且我们当时没有分手。如今我已嫁为人妇，本该早就物是人非，各自安好，我还怀着现在丈夫的宝宝（对着辐射我都给你写信可见我有多感触）……可是放下那封分手信我就读到了一篇让我如同电击般的来信回复*，以前的不甘和惋惜和不解现在全部解脱了。那篇里你半带讥讽（我觉得很过瘾）地说那个对电台DJ迷恋深沉的丫头，最后看到男主角完全逊于吴彦祖、金城武的外貌时，觉得自己受到了骚扰，你一针见血地说她其实是虚伪，如果是帅哥说不定马上就投怀送抱了，

* 指《色字头上一把刀，刀刀削去我们虚伪的假面具》，被收入旧版《我爱问连岳》第1本，新版未有收录。但并不影响对此篇的理解。

哪有这么多抱怨。呵呵，不得不说你是很了解女人的！

再说说为何这跟我有联系吧。我和前男友是通过本是朋友的父母认识的，很滥俗的渠道让我们互相知根知底地“相爱”起来。之所以打引号是因为我当时也以为自己是因为他的好人品、好工作、好家境才对他产生好感的，完全没有以貌取人。我当时还是大三，而长我六岁的他要背负着成家的压力面对和我的恋情，他家里始终不点头，原因就是我工作未定，人还小不能担当做妻子的职责。在我工作之前的一两年中，我们顶着他父母的强大压迫相恋着，现在回想起来好像自己很伟大似的，恐怕只是不甘心吧。毕业后我留校，终于取得他家人的一点首肯顺理成章地走到一起时，我就像瞬间没有了压力的鬼魂，开始摒弃善解人意的脾气，变得骄纵和无理取闹起来。我知道原因，当时不敢承认，现在敢了，就是因我本质喜欢帅哥或者俗称的小白脸。长得清秀帅气皆可让我“哈皮”很久，是个典型的以貌取人的死女人。

可怕的是当时我全然不知自己的劣根性，（更重要的是他母亲一点点对我越来越不好，甚至背着我们去给他儿子找相亲的对象！）我的怒火终于爆发，在去了北京看完奥运会之后回来就和他和平分手了。我很多不满觉得自己是受害者，因为他母亲从未放弃对他的控制，一再作梗，而他也不能保护我，每次都将我推到人前受过。当时的自己觉得好失败，付出那么多，最后是我的黯然离场画上句号。

现在总结起来如果他容貌过人，我肯定会更低声下气地委曲求全。因为我离开他之后马上碰到了我现在的老公,除了没他有钱什么都比他强。当然，当然，连岳你猜对了是个帅哥，很老实很温柔的帅哥。要不是贫寒的家境估计早就沦为花花公子哥了，但是上天就是这么公平，让我在低谷之后终于碰到了这个与我幻想的一模一样的人。我们认识一个月后领证，绝对闪婚。但是我们之间的感情好似上半生都了解过一样，一点不像陌生人。很快地如火如荼地相恋着。这一切深深刺激着前男友及其恶母，其母大骂我水性杨花。莫非要我分手后为他儿子守着贞节牌坊三年才能重新做人？你看吧，就是有这么自以为是的有钱家族！

唠唠叨叨我的感情史无非就是论证你说的女人的虚伪是正确的。我在证明的过程中不但搭上了我最宝贵青春的那几年，还颠覆自己的价值观，让自己以为自己贪慕虚荣，爱好权贵。实际上每天抚摸着肚中胎儿做一餐家常便饭等着爱人回家，才是我最真切的盼望。连岳，我现在的日子不算富裕，不能跟以前的挥霍相比，但我真的快乐。我真心谢谢你，让我面对我不敢面对的虚伪，这样才能面对我那即将出世的纯洁孩子。

我很希望得到你的回复，反之，我也知道你看了会懂我的。我在江城武汉，这里《上海壹周》常常没有，就是有也要等过三四天左右。所以，我托付在上海的朋友给我购买。我确实很希望看到你的答复，虽然我都没有提出问题，但是我想留下这份报纸作为给宝宝的出生礼物。让他知道他出生前妈妈的情感经历，孕育出他是有着丑男和帅哥很大分别和风险的事情。

呵呵，祝愿连岳开心每一天。

小帅的准妈咪

小帅的准妈咪：

好吧，既然宝宝牌都打出来了，我就回吧。这是占便宜的说法，你就是不说这话，我也会回的。我最爱梦想的一件事就是，这个专栏的读者们成为父母，他们会善待自己的孩子，不管世道如何艰难，集体无意识多么无趣，他们都能尽力使孩子体会到爱，也能爱他人。

有句话叫作“天赋人权”，说自由平等，免于匮乏免于恐惧这些权利是一个人出生后天然享有的，就像呼吸功能一样。这句正常社会的第一信条只容易理解到它的一面，即外部“赋予”的，它像衣服，是穿在外面的，好像回家一脱掉，就全没有了。其实它的另一层意思还真有我们所说的“一个人有天赋”中的“天赋”之意，天赋不用会萎缩消失，像力气与智力一样，越不用越没有。

恭维我“了解女人”的话多起来了，听了真是悲欣交集，欣的是这算是一句夸奖吧，悲的是还把人按类分成男人与女人，我在专栏里最想说的就是人得回到个体，回到我们自己，而不是急着站队归类，似乎不藏在一群人当中就不安全。没有个体的存在，就没有爱的存在，这个国家人再多，十多亿，若否认个体，不过就是一堆蚂蚁——用我要消解的思维方式与话语体系来恭维我，这是烤只全羊款待贫僧啊。

男人与女人都是人，在人性上他们没有区别。这点其实你意识到了，两性都是喜欢外形漂亮的人。喜欢帅哥美女那是最正常的人性。有人攻击商业社会里的服务业“只重衣冠不重人”，市侩虚伪，其实在一面之缘的服务里，人家只能凭借你的衣冠来判断你的价值，并非需要你一身名牌，干净、整洁、得体就行了，这是你尊重人，他人也就尊重你，我们不都是这样判断陌生人的吗？这个例子是说，人的思维会偷懒，把正常当成反常，反常的当成正常。他人的外表让我们舒服，我们反而觉得自己轻浮。

所以我没有说什么高深的东西，只是回到人最基本的常识，回到人正常的本能，不掩饰、不夸大就行了，这就像我经过沙滩，把一只四脚朝天的海龟翻回来一样，因为脚着地才正常。这不需要先去看有关海龟的深奥的科学论文，看完再回来翻，海龟就晒死了。

我并未像你所说，论证过“女人的虚伪”，而是论证过人都会虚伪、会犯种种错误，我们唯一要做的是承认这是虚伪、这是种种错误，而不是用糖衣把它包起来。当然，我仔细揣摩，你以“女人”为主语的判断其实是指自己，女人的虚伪是指自己的虚伪。但愿你走得远一点，不再使用这种集合名词，在你孩子出生前养成习惯。否则这个孩子老听妈妈说“女人虚伪”，他就不会尊重女人；听妈妈说，“男人都不懂爱情”，他就不认为自己应该爱，有了爱（这是自然会产生的），他就恐惧，以为自己不够男人。

让自己有正常的思维与表达方式，这就是爱。这种爱可以用来爱自己、爱孩子、爱情人、爱世人。

祝开心。

连岳

2009年12月29日

# 婚姻无法强力维护

连岳：

见信好！

此刻，我带着宿醉后的恶心和昏沉坐在电脑前敲打着键盘，先说清楚，我不是借酒浇愁喝多了，话也不知道从何说起，但是实在是解决不了了。

先简单介绍下自己，我今年25岁，男性，二流本科毕业（不是我这么认为，是社会标准这么认为），家境凑合，已婚，自己做外贸，老婆是吃国家饭的，收入尚可，即将得子，有车有房，父母健康。瞧见没，多么安逸、平稳，没有压力的生活啊！多么让人羡慕啊！我居然还会有烦恼？太不公平了！这么想的人可真是不少，所以我的外表无比强大，自信、幽默，仿佛就是世界之王。我记得你曾经说过“别人繁荣生活的背后是悬崖”，倒是可以套用在我身上了。

为什么那么早结婚那种弱智问题我就不探讨答案了，反正已成为了事实。我并不自恋，但确实长了一副小白脸的样子，然后情绪好的时候又舌如莲花，接下来的答案很明显——没错！我是个彻头彻尾的花心萝卜。从18岁的第一次到现在，始终不遗余力地耕种四方，而且不以感情为基础——从法律允许的年龄段的“幼齿”到三十以上的单身熟女，八方通吃，生冷不忌，来者不拒，基本上我觉得自己可以迈入器官指挥大脑的人的行列中去了。我没有什么道德罪恶感，不过也没有那种玩一个算一个的变态占有欲心态，这点我尚算清醒，我就是单纯地看见妹妹就把持不住自己，不由自主地活跃起来（奇怪的是我其他方面自制力都还行，就这个控制不住自己），这种行为我觉得暂时看不到头，况且我也没有中止的念头。结了婚的人这种事一干，谎是必然要说的，偏偏我干得太多，所以就不停地说谎，生活在自己编织的谎言中很痛苦，而且停不下去了。

我不知道自己到底爱不爱老婆，我甚至都不知道什么是爱，怀疑自己也没有爱过，或者只爱自己。其实我老婆真的很好，适合做老婆的那种好，简单、善良、质朴，脸蛋身材也不赖，而且有素质——是真正的素质，不是那些道学先生们鼓吹的伪善。她是个稀里糊涂的人，却无惊无险地走到今天，工作上也没有野心，只想完成自己的事，不懂人情世故，在外基本都是缄口不言的。用连岳你的话来说，爱情和婚姻需要实力相当，棋逢对手，很显然我们不在一个层面上（是层面不是层次）。我们确实没有共同语言（我不是要把这个作为婚姻不幸的借口，况且我觉得自己还没有到不幸的程度），我在家除了玩实况足球就是看书（星期天会做家务），而且是边沁卢梭之类的书，她是完全不看而且她压根不爱看书（我从来没要求过她看），所以她对我完全不了解。困惑来了，即便她再单纯，作为一个人的妻子，其本能还是希望能够走入自己丈夫的内心，可我们根本也无法深入交流，只能谈一些家庭琐事，这应该是我和她之间唯一的矛盾。我不知道怎么样改变，所以没有尝试，加上我在外的作为，我对她始终抱有一份亏欠。

可是，这一次，连我自己都觉得亏欠大了。

昨天酒一喝多，又淫虫上脑，凌晨才归。当我回家看到挺着大肚子的她流着眼泪整晚没睡时，我突然感到心阵阵抽痛，我第一次觉得自己如此无耻、卑鄙、荒唐。虽然我不知道我的心疼到底是源自于爱情还是源自于愧疚或是其他，但是我终于觉得自己真他妈地恶心。我没有对她说太多自责的话，彻夜不归我以前也有过，并且也自圆其说地哄好她，可是这次我不打算轻易放过自己（不知道是哪根筋搭错了，觉悟这么高）。我再贱也不能如此去伤害一个仅仅是渴望得到普通幸福的姑娘，虽然我的实际行为就是在伤害她，可是在她的世界中她的生活就是幸福的，即使我明白那是我制造出来的肥皂泡，可我又怎么能去戳破那个泡泡呢？

因是我造出来的，果我自然得承受，但是一次次，我已经承受不住了。自嘲地想一下，或许我也只不过坏事干太多了，自己都吃不消了，然后仅仅是想通过你寻找一下自我的救赎呢？罢，人本来也不过就是自私而虚伪的动物而已。

唏嘘兮兮

唏嘘兮兮：

前不久去长沙做一个演讲，期间说到感情与婚姻要有试错机制，离婚与分手只是中性词语，并不一定是坏事。这个观点在我的专栏里都已说过，并不新鲜，听众里有位女性，可能是第一次听说这种想法，气得演讲刚一结束就朝我猛冲过来——半途被工作人员拦腰抱住了。我其实蛮喜欢这种气氛，这说明她听说了原本可能并不知道的观点，而我也知道，我认为在专栏里说透了的道理，可能仍然稀缺——《我爱问连岳》原本只想出到第十本，现在改变计划，要出二十本。

婚姻靠什么来维护？遍地都是诱惑，方便快捷的色情业且不说（我可不想背上诽谤政府的罪名，所以要补充一下，政府一直在扫黄，不过色情业是人类最古老的产业之一，扫不干净是很正常的。当然从法律层面来说，不存在着诽谤政府，但有什么办法呢，我还是严格自律好了），男人跟女人相同的是，长得好一点，就招蜂引蝶，引狼；男人比女人更进一步的是，他若有点幽默感，或者简单地有点钱，那些蜂、蝶与狼，其实并不在乎他的长相，在一个事实上的男权社会，在这些唾手可得的诱惑面前，有什么可以制约男人？

没有强力约束法可维护婚姻（无论对男女，都是如此），婚姻破裂并不犯罪，只要一个人愿意，他就可以告别婚姻。所以没有强力约束法的真实意思是没有方法可以约束婚姻中的人，他们始终是自由的。请注意——有人不爱听的话来了——自由就是包括有做坏事的自由。爱一个人，与他组成家庭，应当接受这个风险：他有可能会变坏、他有可能做坏事、他有可能不爱你。我始终反对侵入伴侣的隐私——潜入他的邮箱、QQ、MSN、手机短信——因为这种做法也是背叛，除非你不想要这个婚姻了，否则这绝对是挽救关系的最坏方法。恶无法维持爱。

只剩下一个办法：赔上自己，才能惩罚他人。这就回到中国传统婚姻博大精深的一面了：拖死他、去他的单位、他的朋友圈、去他的孩子面前，把他搞臭、搞臭、搞臭！成长为一个资深投粪手。恨一个人，是做得到这点的，虽然他人烦死你的私事，可是他却可能最烦。不过从付出的成本来看，处于防御地位的他，付出的代价要远小于你，而且时日一长，同情票几乎都投到了他那——要傻到何种程度，才会拿别人的错误如此严厉地惩罚自己？难道这也算是中国国情？

约束婚姻，只有像这位来信者一样，靠自我反省与自我约束——当然他不太彻底，从拿边沁、卢梭说事闻得出来，好像他出轨时只说边沁、卢梭似的；更重要的保险是，在年轻时尽量多恋爱，从自己的错误、从他人的错误上面，练出利一点的眼光，看得出眼前这个男人已经有了自我约束能力，知道婚姻意味着让渡自己的部分自由，这样出事的可能性小一点。

祝开心。

连岳

# 处女毒素

连岳：

你好，我是一个26岁的女孩子，外貌中上，学历本科，稳定工作，单身。

我是那种看上去有点冷漠的典型摩羯座，尤其是对陌生人（重点是陌生男人），更是不理不睬，正眼都不瞧一下。即使这样，还是有很多男人喜欢我，男朋友倒也交了几个，时间都不长，也守住了最后一道防线。我想给你说的是我的上一段感情。

我们MBA的同学。大概在两周以后他坐在我后面，说了一句和我有关的话，我就像没听见一样，没搭理他。又过了大概一个月，晚上大家聚会，我们的座位被安排在了一起。在这次中，我可以明显地感觉到他是有点喜欢我的，他拿着我的手机输了他的号，还在我耳边窃窃私语了两句，更可怕的是敬酒的时候，他竟然把他的高脚杯给我小声对我说，没事就咂一口。最最恐怖的就是我竟然没拒绝。有一次周末他好像值班没去上课，他就打电话问我说上什么课了，我竟然莫名其妙地很兴奋。我又不是没有恋爱过，怎么搞得像初恋一样羞涩！这期间偶尔短信电话，但是特别地少。7月底的时候我出差回来，他去接我，也没说什么特别的，像是朋友但就是暧昧！

8月初的一个晚上，十点四十左右，他打电话叫我出去吃羊肉串。我就去了，还有他的几个同事，大家都开我们的玩笑，我表现得也很大方（我爸经常说我最聪明的地方就是很清楚很明白地知道什么场合给谁挣面子）。桌子下面，他牵起了我的手，在他的同事面前他一点也不掩饰对我的好。有一位大叔开玩笑说你们今晚别回去了，还给了我们一张宾馆的卡。他毫不客气地收起来了。我没在意只当是玩笑。在吃羊肉串之前他们就喝了很多酒，他还是挺能喝的那种。他说不回家了，我有点害怕，可是说不清楚为什么我还是和他到了宾馆，他吐了很多。

连岳你也可以想象，一男一女还能做什么。虽然我是处女，但是我觉得到了一定的年龄，性应该是自然而然发生的事情，抵抗和一个喜欢的人发生关系是跟自己过不去。我紧张地向后退，他问，怎么了？怎么了？我说就是有些紧张害怕。他很诧异地说你是第一次啊！我说嗯。他很君子地说第一次就算了。他抱着我在我耳边喃喃细语，我喜欢你，很喜欢！我特别地开心。那一晚上几乎没怎么睡，除了实质性的东西，别的都很正常地发生了。就一个女人而言还是有挫败感的，至少我身材玲珑皮肤白皙，怎么没勾引到他呢。白天醒了我就后悔了。早上起床不敢看他，他也有一点点的尴尬，尽管如此还是带我吃了早饭后去上班了。

那天七夕，我的心情还是很低落，快下班的时候他给了我电话说晚上一起吃饭。可是并不是我想要的结果。我竟然被甩了，气死我了。他说那天晚上谢谢你照顾我一晚上，我觉得二十四五的女孩子应该考虑结婚了，我不想耽误你，那天我喝太多了。我丢掉了面子，甚至觉得是我在自取其辱，压着怒火，我说，什么叫喝多了，喝多了就说了喝多了的话，喝多了就做了喝多了的事儿，然后再用喝多了去解释那些，你也太不应该了吧！我咄咄逼人地说出了一堆话，那个情绪好像压抑了很久终于可以释放了。他傻眼了，愣了一会，结结巴巴吐出四个字，是不应该。他一定很诧异，看似娇弱的我竟然也会那么强势。

就这样结束了。后来上课的时候也会碰面，但就是不说话，有一位好朋友告诉我，那天你在前面走了，他手拉着车门呆看着你的背影，看了很久，你都走远了他还在看。我有点难过，自己呆在屋子里哭了很久。以前在班里他偶尔会耍宝什么的，现在基本上坐在第一排一声不吭。我就坚持一眼都不看的冷漠原则，很老实地呆着。

HR

HR：

一个姑娘在给我的邮件里说：想到自己不是处女，与男生的交往中就没有自信，因为我不是处女了，他一定不会喜欢我的，他若真的喜欢上了我，我会觉得对不起他。

到中国人普遍接受程序正义之时（即无罪推定，法庭宣判之前没人有罪），我觉得处女情结才普遍不会被接受——这两者没有联系，我是说有些常识进入我们的社会将旷日持久，不过总会来的，时间有的是。

有人说处女情结男权要负很大责任，这点我同意，不过若是女性普遍没了处女情结，那么，男人也没办法了，他们若要坚持，就只会得到人工处女膜。这就像气候谈判，发展中国家与发达国家彼此指责，谁也不让步，最后就是大家一起完蛋。

处女问题不是第一次出现在这个专栏上，有正常性观念的人都不耐烦了。不过还是要说，这关不过，爱情正常不了，正像程序正义似乎是法治常识，简单得很，可是人家稍一变形，指着一个人说，这是黑社会，这是坏人，随便就抓了，完全没有程序正义，有媒体照样叫好，马上就在新闻里宣布被抓者是罪犯，观众还大声喝句彩。常识简单，可是在任何变形中都能使用却不容易，需要被反复说。

有没有人选择将处女身份一直维持到结婚那天？我觉得是

有的，这是个人的选择权，虽然我不太认同，因为这无法检测对方的性能力是否正常，若婚后才发现无能，那就太浪费成本了。但是这种选择是不以贬低和否认他人的不同选择为前提的，不能包含非处女是不对的、不善的这种判断，认为处女高非处女一等。

一切正常的社会与人格都发源于尊重他人与己不同的选择。

我觉得你走到了一半，既把初次性爱看得很重，几次都守住了“最后一道防线”——我对“最后一道防线”一词滥用很不理解，这是打仗吗？——但又绝非必须要等到新婚之夜，只要自己真的喜欢上了，开房也是可以的。

可惜对方是个正常的男人，知道你可能是一个珍惜处女的人，一夜以后或许要对你负责，于是忍住了——这种忍是难得的品质，尤其是在喝了点酒以后，因为喝了酒的男人，多是假装哭喊着“忍不住了”，以一副可怜相欺上身来。按正常的想法应该是：这样都能忍住，此人没有爱错。

这时候，变形的处女情结把你害了。我为你珍藏到了26岁的宝物，你竟然不要！臭男人，你难道不是应该喜出望外吗？不是应该感激涕零吗？不是该如获至宝吗？不是该“喝多了就做了喝多了的事儿”吗？不是吗？吗、吗、吗……是的，我听到了你高声质疑的愤怒回音。

不。既然是这么珍贵的礼物，觉得不能接受，那才是正常之道。你把处女之身看成是厚礼，别人觉得不敢贸然收下，那是再正常不过的了。这就像朋友来访，送我一盒巧克力，我会开心收下，他若跟我说这巧克力值十万块钱，我就不会收了。

祝开心。

连岳

腘+砚
project

图书在版编目（CIP）数据

我爱问连岳. 4 / 连岳著. -- 上海：东方出版中心，
2020.2（2021.4重印）
（腘砚计划）
ISBN 978-7-5473-1577-4

Ⅰ. ①我… Ⅱ. ①连… Ⅲ. ①随笔－作品集－中国－
当代 Ⅳ. ①I267.1

中国版本图书馆CIP数据核字(2019)第269684号

**我爱问连岳4**

著　　者　连　岳
统筹策划　彭毅文
责任编辑　肖　月
装帧设计　张　琪

出版发行：东方出版中心
地　　址：上海市仙霞路345号
邮政编码：200336
电　　话：021-62417400
印 刷 者：杭州日报报业集团盛元印务有限公司

开　　本：890mm×1240mm 1/32
印　　张：11
字　　数：199千字
版　　次：2020年2月第1版
印　　次：2021年4月第2次印刷
定　　价：49.00元

胭+砚
project

**胭砚计划（按出版时间顺序）：**

《天命与剑：帝制时代的合法性焦虑》，张明扬著

《送你一颗子弹》，刘瑜著

《暴走军国：近代日本的战争记忆》，沙青青著

《一茶，猫与四季》，小林一茶著

《摩登中华：从帝国到民国》，贾葭著

《说吧，医生1》，吕洛衿著

《说吧，医生2》，吕洛衿著

《我爱问连岳6》，连岳著

《国家根本与皇帝世仆——清代旗人的法律地位》，鹿智钧著

《父母等恩：〈孝慈录〉与明代母服的理念及其实践》，萧琪著

《故事新编》，刘以鬯著

《下周很重要》，连岳著

《亲爱的老爱尔兰》，邱方哲著

《诗人的迟缓》，范晔著

《群山自黄金》，莱奥波尔多·卢贡内斯著

《我爱问连岳1》，连岳著

《我爱问连岳2》，连岳著

《我爱问连岳3》，连岳著

《我爱问连岳4》，连岳著

《我爱问连岳5》，连岳著